雨魔
七少 著

寒武狂潮

④ 初入学院

湖南少年儿童出版社
HUNAN JUVENILE & CHILDREN'S PUBLISHING HOUSE

图书在版编目（CIP）数据

寒武狂潮.4，初入学院／雨魔，七少著.— 长沙：湖南少年儿童出版社，2019.3

ISBN 978-7-5562-4245-0

Ⅰ.①寒… Ⅱ.①雨… ②七… Ⅲ.①长篇小说—中国—当代 Ⅳ.①I247.5

中国版本图书馆CIP数据核字(2018)第269969号

寒武狂潮4·初入学院
HANWU KUANGCHAO 4·CHU RU XUE YUAN

图书策划：张朝伟	封面设计：猫冬 MDD　十　星
责任编辑：向艳艳	插图绘制：周　丹　禾火力戈
装帧设计：百愚文化	质量总监：阳　梅
美术编辑：张　怡　刘云霞　吴　清	

出 版 人：胡　坚
出版发行：湖南少年儿童出版社
地　　址：湖南省长沙市晚报大道89号　　邮　　编：410016
电　　话：0731-82196340　82196341（销售部）　82196313（总编室）
传　　真：0731-82199308（销售部）　　82196330（综合管理部）
常年法律顾问：湖南云桥律师事务所 张晓军律师

印　　刷：湖南关山美印有限公司
开　　本：710 mm×1000mm　　1/16
印　　张：15　　字　　数：200千
版　　次：2019年3月第1版
印　　次：2019年3月第1次印刷
书　　号：ISBN 978-7-5562-4245-0
定　　价：29.80元

版权所有　侵权必究
质量服务承诺：若发现缺页、错页、倒装等印装质量问题，可直接向本社调换。
服务电话：0731-82196362

所行弥远，心仍少年。

上集回顾

  戚少言因为黑色光丝，不仅在大爆炸中幸存下来，而且吸收了变异大鲶鱼的能量，再次进化升级。稍作休整后，戚少言决定前往爆炸中心寻找石天赐和狼九哥，途中，他遇到了兔吼、飞马车行的人和他们请的雇佣军，众人一起深入中心寻找幸存者。戚少言和兔吼无意间救下了变异犀牛阿光和它的新生儿，并与它们一同来到了它们的家——一座被废弃的核能研究所。在这里，戚少言认识了阿光的丈夫苦皮，并拜异人先生为师，二人联手救治了苦皮和阿光的孩子们。

  戚少言一行继续赶路，顺利到达兽城准备参加入学考试，为了凑够考试报名费，戚少言和新认识的江冬江春两兄弟一起卖起了肉饼。可是，当他向第一军校报名处打听冥想学院的平心大师时，却被告知没有此人。考试在即，戚少言是听从父母留言继续报考冥想学院，还是另作选择呢？他顺着父亲在兽城留下的线索又会有什么发现？

目录

第一章　入学考试一 /001

第二章　入学考试二 /007

第三章　入学考试三 /012

第四章　入学考试四 /017

第五章　入学考试五 /024

第六章　入学考试六 /028

第七章　入学考试七 /034

第八章　入学考试八 /040

第九章　入学考试九 /045

第十章　入学考试十 /050

第十一章　入学考试十一 /055

第十二章　入学考试十二 /061

第十三章　草药师学院的考试 /066

第十四章　附加题 /071

第十五章　高调征询 /077

第十六章　反利用 /082

第十七章　段神医的意见 /087

第十八章　入学报名 /093

第十九章　未来的最强宿舍 /099

第二十章　第一堂课 /105

第二十一章　选课和入股 /109

第二十二章　摆地摊 /114

第二十三章　治疗将军夫人 /118

第二十四章　谈条件 /124

第二十五章　治愈夜夫人 /130

第二十六章　教训兔吼 /136

第二十七章　开　店 /144

第二十八章　七人之计 /152

第二十九章　易孕丹 /157

第三十章　易孕丹的效果 /165

第三十一章　能量脉络萎缩症 /170

第三十二章　治好蒋老 /176

第三十三章　组建战队计划 /183

第三十四章　可放大缩小的活动房 /189

第三十五章　狂潮战队和寻人任务 /194

第三十六章　自然种和非自然种 /200

第三十七章　痛苦的感染者 /206

第三十八章　掠夺者 /211

第三十九章　打开心锁 /220

第四十章　打开心锁的福利 /226

第一章　入学考试一

戚少言一共要参加三场考试，分别是第一军校冥想学院和符纹学院的考试，以及自然大学草药师学院的考试。

按照院校排名顺序，第一军校的战斗系位列第一，连带第一军校的所有院系都在一号开考。

如果你没有考上第一军校的院系，那么你就只能去别的院校考同类院系。如果你就是想进第一军校，院系无所谓，那也行，只要你把各院系的考试时间弄清楚，赶得上考试就行。

这也是一种调剂生源的方法，避免过多的学生涌入第一军校，而其他学校招不到学生。

戚少言比较幸运，他想考的符纹学院和冥想学院正好分别在上午和下午考试。

考符纹学院他并没有把握，但他个人对符纹很感兴趣，想要看看这个学院会考些什么。

外面也有卖往年考试题目的，但是听说每年题目都不一样，戚少言就没舍得买，江春两兄弟也一样。

戚少言凭着身份牌排队进入考场。考场与大灾变前的教室很像，每人一张独立的桌子，一把椅子。

考符纹学院的学生不少，戚少言被安排在四号考场，进去时，里面快坐满了。

有人在说话，有人在紧张地复习，也有人神神道道地不知在做什么。

戚少言不太习惯这样的环境，按照指示在自己位子上坐下就不动了。

考试铃声响起，有老师走进考场。

这位三十岁左右的老师一进来，张口第一句话就是："不要妄想作弊，你们在这儿的一言一行都会被符纹眼记录，如果你们不想个人信用点数被扣五点，那么就别干这种蠢事。"

个人信用点数？戚少言还是第一次听到这个说法，看其他学生，有的人跟他一样茫然，有的人像是知道个人信用点数是什么。

很快，老师就给出了解释："个人信用点数属于你们身份牌中的附加值，信用点数起始值为零。你们如果考入某所学校，信用点数便自动加五点，每升一个年级，再加五点。如果你们在外面做任务，任务完成度合格，可以加一点信用点，完成度良好加两点，优秀加三点。信用点数不能换能量币，却是你进入军队、政府等的敲门砖。而且大多数任务只发给拥有一定信用点数的人，如果你信用点数不够，任务都难接到。要做也只能做一些没有保障、非常危险的任务。"

老师一拍巴掌："好了，下面开始考试。请大家注意考场前方出现的符纹图，看清楚后在你的考卷上写出该符纹的功用，每个符纹只出现三秒，半分钟后再出现下一幅。记住，不要跟我抱怨坐在后面看不清楚，这次考试给出的符纹图会确保坐在最后一排的人也能看得清清楚楚。更不准在考试期间说话或发出很大的响声，情节严重者将被取消考试资格。"

监考老师话音刚落，第一幅符纹图就在他身后的墙壁上出现。

监考老师走到教室最后面，让开了位置。

戚少言抬头仔细分辨符纹。他在村子里时，老师们也教他辨识过一些常见符纹，他至今记得当时一位老师说过的一句话，老师说："了解符纹，会让你们在最短时间内判断出敌人的能力，从而想出应对和获胜的方法。"

第一个符纹是最常见的大力符纹。

第二个符纹像是与水有关，但具体是什么符纹，戚少言只能靠蒙。

三秒一个符纹，看起来时间很短暂，但很多符纹能力者在交手时，符纹往往是随着能力使用一闪而过。想要看清符纹并想出应对方法，反应一定要快，而且对符纹一定要很熟悉。

感觉时间还没过去多久，十个符纹已经出完。

戚少言原本对自己还有一点信心，认为自己见过的符纹已经足够多——他拥有不少符纹结晶，便宜师父和苦皮夫妇都教过他如何辨认上面的符纹。

说句心里话，比起另外两个学院，他其实更想进入符纹学院。他有种直觉，符纹将会在未来统治这个世界，而符纹的利用将遍及方方面面。

可是现实非常打击人，十个符纹，他只认出了四个，而且这还是因为他眼力比以前好很多，哪怕只三秒时间也足够他看清楚符纹。

"第一轮考试结束，大家坐在原位不要动，把你的答案叶纸放在书桌正中间，等待符纹眼判断对错。合格者可以留下参加第二轮考试，不合格者离开。"

好多人都在抬头寻找符纹眼在哪里。

不到半分钟，符纹眼出现了，那真的是一只大眼睛，带长睫毛的那种。

符纹眼有拳头那么大，突然在教室中出现，从左到右，以老师巡考的步速顺着每张书桌走了一遍。

监考老师的声音再度响起："考卷4分及以上者留下，其他人员迅速离开。"

戚少言呼出一口气，那只大眼睛经过他的桌子时，他的卷面上清楚地出现了一个"4"，现在听老师的意思，他可以参加下一轮考试了。

戚少言以为至少要答对一半才能晋级，没想到四个就行，顿时又有了一点信心。

看到一些学生还是坐着不动，监考老师冷笑一声："你们的所有行为和分数都已经被记录，想浑水摸鱼也无意义，还是你们想扣个人信用点数？"

呼啦啦，考场顿时空了大半。

戚少言愣住，这场考试有这么难吗？三十二名考生，竟然只剩下十一名？

监考老师过来，把合格者的试卷收到一旁，不合格者的放在一个盒子里。

"第二轮考试，请当场绘制三个基础符纹，这三个基础符纹分别是火、冰、黑暗。考试时间为三十分钟，现在开始！"

戚少言画出了火和冰的基础符纹，经由符纹眼检测，顺利地通过了第二轮考试，进入到第三轮。

这时教室里只剩下六名考生。

"第三轮考试，请把试卷中不完整的符纹补充完整，时间为一个小时。"

戚少言看到第一个待补充的符纹时，额头上就冒出了冷汗。

考试难度在一点点加大，所有抱着"我进入学院后再认真学习"心态的符纹爱好者都被淘汰，剩下的都是接触过符纹并有一定基础的人。

前面的辨识和画，考的是基础，戚少言因为看过大量的符纹，从小学习过一些符纹知识，勉强过关。但第三轮，没有经过系统学习和大量实践的人，连如何下手都不知道。

戚少言画了几笔就画不下去了。

第一个符纹他还能勉强看出是一个单独的基础符纹，但到后面就是多个符纹叠用，有的完整有的不完整，全部只能靠猜。

第三轮考试结束，戚少言被刷了下去，但令人惊奇的是，第二轮过关的六名考生竟然只有他一人被刷掉。符纹眼打分也不再根据对错来进行，而是根据他们画出的符纹的正确部分有多少来评分，戚少言只得了三分，而过关需要五分。

通过第三轮考试就算入学考试合格，当天就可以去办入学手续。

戚少言沮丧地走出考场，听到外面好多人都在说符纹考试多难多难。

然后他就听到有人说，第一军校符纹学院的大多数学生来自内荐，也就是说今天参考的学生大多是野路子，考试就是大浪淘沙。真正系统学习过符纹并有一定基础的学生，基本都是通过自己的老师或各组织推荐到符纹学院继续进修。

戚少言想，怪不得合格的人那么少，原来大多数能合格的人已经直接内招了。

中午，戚少言随便吃了一点，想要休息又因为紧张睡不着，紧张着紧张着就迎来了冥想学院的考试。

比起符纹学院的考生，冥想学院的考生少得可怜。

所有考生加起来不过十九个人。

这十九个考生全部被领去了一个大操场。

操场正前方有一扇门，那门就那么悬空立在那里，前后左右上下都没有墙壁，就孤零零一扇门，黑色的。

门忽然被推开，一名身穿军服式样校服的青年从门里走出来，对大家"啪"地行了个标准的军礼。

众考生连忙回礼。

青年微笑，目光从十九个人脸上扫过，说："你们很有勇气。看到这个门没有，推开它，走进去，只要能活着走出来，你就被录取了。"

"啊？"戚少言跟其他考生一样，全都再次看向那扇黑色的门。

门已经关上，门上连个把手都没有。

有人忍不住举手问:"请问,这场考试真的有生命危险吗?"

青年笑容不变:"没错,今年冥想学院的考试允许有百分之三十的死亡率。也就是说你们十九个人,可以死六个,超过六个,我就需要打报告解释原因了,希望大家不要给我添麻烦,尽量活着出来。"

众考生面面相觑。

青年又说:"你们可以选择退出,考试有很多次,生命却只有一次。"

他声音刚落,考生便走了三分之二。

第二章　入学考试二

"很好，剩下的人可以开始第二关了。"

青年笑眯眯地让开位置，口中还感叹道："多么单纯的孩子，竟然别人说什么就相信什么，如果我听说一个学校的入学考试竟然允许有死亡名额，我第一件事就是去质疑、去投诉。我相信你们也是这样想的，对吧？"

戚少言心想：……其实我也相信了，你只要再迟一会儿宣布，大概我也走了。

其他六个人不知道怎么想，这时候也没人会说出自己的真实想法。

七个人看着黑门，都在等第一个勇者出现。

青年眼含讥讽，举起手，点了点身份牌上的时间表示："进门时间只有三十秒，超过三十秒还没有进去的人就当作自动放弃本次考试。"

第一个人影动了，猛地推开黑门，一头闯了进去。

第二个，第三个，大家的速度都很快。

戚少言第五个动身，可他被后面两个挤到了一边，在最后一秒冲进了黑门里。

唰！戚少言站稳身体，发现周围都是植物墙，植物全都一般高，大约有两米五，样子也都差不多，一株株紧密排列，就像是他在图书里看到过的植物迷宫。

"这是起点，走到终点，限时一小时。"一个声音响起。

没了？就再也没有其他提示了吗？所以这场考试到底是不是走出迷宫就算合格？

希望他没有理解错。戚少言转头四望，还抬头看了看天空。

咦？天上那是什么？

怎么看起来那么像符纹？

这会不会是某种提示？

这个迷宫和这个符纹的纹路是一致的吗？

那么想要走出这个迷宫是不是就是要按符纹的纹路走？

但符纹的终点在哪里？这个终点是指纹路的结尾，还是指能量流经路线的最末端？

戚少言停留原地揣摩各种可能性时，七只看不见的符纹眼已经把七名考生的情况全都如实地呈现到数名教师面前。

"你看，幸亏我让推荐生也来考了，否则今年冥想学院的报考人数就只有一个，多难看？"

"竟然有非推荐生选择冥想学院，还没有被吓退，那个孩子是真傻，还是知道些什么？"

"让我看看他的资料。戚少言，今年十四岁，上午报考了符纹学院，在第三关被刷下。"

"能通过符纹考试前两关，看来我们这一关也难不住他。"

"不一定，会认识符纹只是基础，会画只是记得比较牢，而了解每个符纹的能量流经路线才能通过这一关。"

"有人已经摸出头绪，开始动了。"

众老师的目光再次集中在投影上。

戚少言经过推测，最后判定：天上的符纹应该就是一种提示，至于到底是按纹路走，还是按能量流经路线走，只有试一试才知道。

戚少言虽然能认出天上的符纹是土属性的基础符纹，但是他并不知道该符纹的能量流经路线，所以他一开始选择按照符纹的表面纹路来走迷宫。

没走一会儿，他的面前就出现了一堵树墙，说明此路不通。

戚少言站住，他的第一次尝试失败了。而他已经浪费了足足二十分钟。

戚少言开始走回头路，直到回到起点。

第二次尝试，他按照能量流经路线走。

他不知道土属性基础符纹的能量路线，但这对他来说不是问题。

戚少言不知道有人"偷看"——知道也不怕，他伸手进口袋，实际上是进生物晶空间，掏出了一枚土属性的符纹结晶。

符纹结晶上面的符纹基本都是复合符纹，但中心仍旧由土属性的基础符纹构成。

戚少言握住符纹结晶，把黑色光丝暗中探入符纹结晶中，这次不是吸收能量，而是给予能量，然后看这枚符纹结晶如何吸收外界的能量。

离开生物体的符纹结晶看起来不能再吸收能量，其实不然，它一直在吸收周围的游离能量，这也是符纹结晶在离开生物体后还能长期保持能量不减的重要原因。

黑色光丝很是不甘愿地吐出一点能量，当符纹结晶开始自主吸收时，黑色光丝立刻随着能量开始游走，一副随时会把能量抢夺回来的小气模样。

当能量流经中心的基础符纹时，戚少言的注意力高度集中。

"那孩子在干什么？他刚才掏出的是不是一枚三转的符纹结晶？"一名老先生非常惊讶地问道。

"发现土财主一枚，可以考虑让他捐献入学。"

"喂，只不过一枚三转符纹结晶而已，捐献入学至少要五十枚三转以上的符纹结晶，你看他的穿着，像是有那么多符纹结晶的样吗？那孩子还穿着草鞋！"

"很久以前就有人告诉我千万不要以貌取人。不过比起他突然掏出一枚符纹结晶，我更好奇他拿符纹结晶打算做什么。"

"发呆？"

房间中传来笑声。

等能量走完一圈，黑色光丝毫不客气地把刚才借出的能量收回，还偷偷吸了一点符纹结晶里的能量。

戚少言把符纹结晶放回口袋，又掏出一本买了没多久的叶纸本和一支铅笔，把记下的能量路线画在了叶纸上。

他的记性不错，但画出来有个对照更方便。

看着图纸，戚少言总觉得还差了一些什么。

抬头看看天空，他明白了，这次他在能量路线图上又画上了天空中的基础符纹。

这下，又过去了近三十分钟，他只剩下十分钟左右供他完成任务。

戚少言深吸口气，告诉自己不要慌。如果时间不够，慌也没用，不如踏踏实实地一步步走下去，走到哪里算哪里。

基础符纹的能量路线上有明显的节点，而每一个节点，他理解为拐弯口。

第一个植物墙缺口即节点，能量路线在此有拐弯，他也跟着拐弯。

"那孩子过关了。"不等戚少言走出迷宫，那名老先生已经先给出结果。

"能把该符纹的能量路线图准确地画出来，又知道对照符纹节点，的确，这关已经难不住他。"

但戚少言并不是第一个走出迷宫的人，甚至，他再一次落到了最后。

等戚少言睁开眼的时候，发现自己竟然站在之前那个操场上，只不过位置有一点改变。

操场上只有他一人，一阵秋风吹过，带起了那么一丝寂寥的味道。

这种天地间只有我一人的孤独感很不好。

就在戚少言准备开口询问时，之前那个青年蓦地出现在他面前。

戚少言看向他身后，又看向自己脚底。

青年脸上露出赞赏的表情："告诉我，你看出了什么？"

戚少言张口："这是幻觉符纹？我刚才经历的并不是真实场景？"

青年颔首："反应力不错，当你们推开那扇门时，其实是进入了某个符纹幻境。过关了，你会在这里出现；没过关，你会发现你已经被扔到了校门口。"

戚少言沉吟："冥想学院似乎很注重符纹学？"

青年笑容加大："你想知道的一切都在冥想学院。这是当年我的老师跟我说的第一句话。"

戚少言动容，略带兴奋地道："是不是还有第三关？让我们开始吧。"

青年哈哈一笑，抬手指向空中出现的另一扇白色的大门："进去吧，祝你一切顺利。"

戚少言迈步，停住："还是幻觉？"

青年笑而不语。

戚少言见对方不肯给提示，只好就这么抬脚跨入白门。

第三章　入学考试三

戚少言站在了一张大约一米见方的棋盘前。

棋盘上每个小格子里都有一个缩小的风景模型，有山林、高原、大海等自然景观，也有城市、游乐场、庙宇教堂、学校等人文景观。还有一些特殊场景，比如被黑雾或红雾笼罩的区域，以及摆放了大量符纹武器的战场。

"找出这里最特殊的那一个存在，带回来。"熟悉的声音再次响起。

最特殊的存在？是指什么样的特殊？这个题目也太宽泛了吧，而且没有限定时间，那是不是代表他可以永远在这里找下去？

永远找下去肯定不行，他必须要出去，还要快点出去。

那么哪一个是最特殊的存在？

少年伸手，碰了碰最近的一个风景模型。

身体一晃，他首先听到了鸟叫声。

鸟语花香，宛若实境。

戚少言伸手去触摸身边的植物，触感告诉他，这一切都是真的。

但是真的是真的吗？

扑通，一个苹果砸在他肩膀上，而后又滚到草地上。

戚少言弯腰捡起苹果。苹果是少数外表没有变异的水果之一，就连大小都和大灾变前的差不多。

他咔嚓咬了一口，一股苹果特有的脆甜味在口中绽开。

抬头看天，这次天空看起来非常正常，晴朗得看不到一丝白云，整个天空碧蓝碧蓝的，太阳耀眼刺目得让人无法直视。

根据阳光的偏斜角度来看，这里的时间流速应该跟外面的一样，也就是他在这里待多久，外面的时间就会过去多久。

戚少言咔嚓咔嚓啃着苹果四处转悠起来。

这是一个很美丽的世界，目之所及，都是可以入画的美丽景象。

草甸，溪流。

野花开满了草甸，草甸延伸到山脚下，山很高，抬头看不到顶。

山上有树林，一群五色鹿停在溪边喝水，幼鹿似乎在好奇地盯着他看，水灵灵的大眼睛纯真得宛如婴儿。

有青蛇从脚边游过，却不打扰他。

草丛里有大量蚂蚁、蚂蚱和螳螂正在搏斗，蚂蚁群抬着比它们全部体重加起来还重几十倍的食物运回蚁穴。

戚少言一开始走得随意，慢慢地，他下脚越来越小心。

很古怪，平时不会引人注意的虫蚁，今天却变得特别显眼，想不注意都不行。

等走到草甸边缘，他才发现这里并不是山脚，而是山腰。能看到下方绵延的山峦，起伏如游龙，远处有平原，一望无际。

要下山吗？还是往山上走？

少年随手把啃完的苹果丢到山下。

苹果核骨碌碌地滚进一条地缝里，没两秒，一株嫩绿的小芽顶出泥土，以肉眼可见的速度一点点长高。

戚少言并没有注意到这一幕。

起风了，带来了花的香气，还有一股属于野兽的腥臊味。

少年警觉，立刻伏身蹲低。

山林里走出一只斑斓巨虎，在溪边喝水的五色鹿发出一阵鹿鸣，迅速奔逃。

"咻——！"天上突然传来刺耳的呼啸声。

少年抬头，眼眸猛地收缩。

一个巨大的火球正从天而降！

眼看巨大火球就要掉下来，那斑斓巨虎突然发出长长一声虎啸，随后一道狂风送上天空。

风，本应助火势。可如果是火小风大呢？

狂风在天空分成无数风刃，把那巨大火球切割成无数团小火球。

再来一阵大风，把无数小火球包裹起来，吹得往上飘。大风再次分成无数风刃，把小火球切割得更小。

随后又一阵恰到好处的大风，让所有火球还没有落地就已经变成细小的炭粒。

"我强大吗？"一道威严的声音在少年耳边响起。

戚少言下意识点头，满脸都是钦佩，眼神狂热："强大，非常强大！"

"我特殊吗？"

"特殊，很特殊！"

"那带我一起走。"

戚少言张口，挣扎片刻，到底没说好。

一道嘲笑声传来："人类，总是以为更好的还在后面。你如果放弃我，那么你将永远失去我，特殊的存在只有一个，一旦放弃就无法回头，一旦选择，后悔亦无用。"

声音消失，眼前景象也跟着一起消失。

戚少言再次看到了眼前的棋盘。

这张棋盘横八竖八，一共只有六十四个格子，如今有一个格子已经变暗。

这是表示不可以再选择了吗？

戚少言回忆刚才的场景，猜想跟他说话的应该就是那只斑斓巨虎，那巨虎的能力从某种角度来看确实是非常特殊的存在，但并不是他心目中最特殊的。

戚少言不知道这一题的要求是找出这个棋盘世界中的最特殊，还是找出自己认为的最特殊。但按照刚才那巨虎的说法，更像是后者。

这次，少年开始更加仔细地打量那些格子。

一旦放弃就会消失，那么他必须先了解有哪些可能是特殊的存在。

少年隐隐觉得这次选择很可能会涉及他的将来。

如果说入学考试让他把未来方向锁定在草药、符纹和冥想上，那么这次冥想学院的考试则在进一步诱使或者逼迫他选择主攻方向。

戚少言不知道自己理解得对不对，反正他是把这当成自己的人生道路来郑重选择了。

他没有选择那只巨虎，心中并不后悔。因为那确实不是他的特长和兴趣。

那么他感兴趣的是什么呢？草药，治病，救命？

不，他一开始对草药学并没有特别的兴趣，只是因为他的能力被推测为治疗，可治疗能力很弱，自己身体素质也极差，才会往辅助类的草药学发展。

可是接触多年后，他也确实喜欢上了草药学，喜欢研究各种药的药性，喜欢配出效果神奇的药物，而当病人对他表达感激时，他心里也感到了满足。

但他又一直都有遗憾，遗憾自己不够强大，遗憾自己只能成为辅助。

少年的目光从一个个模型上掠过。

所以，归根究底，他要的是强大吗？那他要怎么样才能变得强大？又要如何才能强大到他想做什么就可以做什么？

少年的呼吸略微变得粗重。

少年的手指轻轻点了一个模型中的一株幼芽。

眼前景色变幻，幼芽在快速生长，很快长成了苍天巨木，顶天立地，占了一大片土地，颇有天上地下唯我独尊之意。

但不久，一株藤蔓缠住了它。藤蔓越长越茂盛，覆盖了整片森林，而原本的苍天巨木已经被遮掩得看不见身形。

"我是植物界的最强者，有我，你将可以横行整个世界。我的能力很多，就看你如何使用。"

藤蔓缠住了一头异兽，转眼就把它吸成一块皮毛，连骨头都没留下。

藤蔓又变成了头发一样的丝线，却吊起了千斤巨石。

藤蔓钻入地下，在地底几乎通行无阻。

藤蔓还可以寻找水源，它甚至不怕火，而且只要还有一颗种子，它就可以无限复生……

戚少言看着藤蔓眼睛发亮，但他还是缓缓地摇了摇头。

第四章　入学考试四

藤蔓很生气地抽了他一下，把他抽了出去。

又一个模型变暗。

选择很困难，他越是想要选择好以后的道路，就越不知道该如何选择。

戚少言看着模型忽然想：他为什么不把所有场景都经历一遍？

对，这个测试并没有限制时间，而这些模型场景透露出的意味却非常重要。

他不仅可以了解天地间有多少种能量——当然不止六十四种，每个场景里都有无数生物和非生物，它们都可能成为主角；他还能知道每种能量可能进化的方向和威力，这绝对是非常难得的经验。

甚至比起选择，也许把这些模型场景全部好好经历一遍才更为重要。

戚少言脑中有了清晰思路，当下不再犹豫，顺着左边的模型场景开始一个个进入。

金木水火土，古老传说中的五大元素，以及延伸出来的控冰、控沙等能力。

风、雷电、空间、磁力、光和暗，大灾变后出现的新异能。

对各种气体的控制，比如控氧、控氮等。

还有对各种液体的控制，比如控油、控血液等。

另有医术、机械、化学、音乐、美术、烹饪……可以选择的道路非常多，而每一个看起来都像是特殊存在。

更有符纹和科技相结合的新科技。

因为符纹，因为红雾，这个世界展现出了无限可能。

难道最终的道路还是在符纹上？

不对，能量本身就存在，符纹就像是路线图，只是能量的一种运用方式。

那么最特殊的存在是红雾？因为就是它让整个地球产生变化，并孕育出了新的能量体系——符纹系统。

但红雾又是哪里来的？

戚少言进入了一个大灾变前的场景，在这里他看到了大灾变前后一段时间的变化，变化像是快镜头，让他清楚看到变化并不是一下就发生，而是一个慢慢释放和转化的过程。

在这里他看到了从天空降下的符纹陨石。

看着落在脚边的符纹陨石，少年再次迷茫。

他脑中的黑色光团叫他寻找符纹陨石，他父母也因为符纹陨石失踪，苦皮因为符纹陨石才变得那么强大，而地球上所有变化好像都是从符纹陨石降落到地球才开始的。

那么，他是不是只要把所有符纹陨石全部收集到手，就能成为这个世界上最强大的人？

可是，想想苦皮在没有脱离符纹陨石前那可怕的模样吧！

难道他想变成一个大怪物吗？

如果身体和灵魂承受不住太多能量爆掉，或彻底失去自己的意识，怎么办？

而且就算把符纹陨石都弄到手，那也不会属于他，而是会被黑色光团一起夺走！

等等，能吸收吞噬符纹陨石能量的黑色光团？他是不是本身就已经拥有了一个极为强大的存在？

可他能把黑色光团当作他的道吗？

开玩笑，谁知道那家伙是个什么东西，如果他真的一门心思供养它，靠它"施舍"的能量和能力过日子，那么一旦黑色光团离开，他还是他吗？

少年的思绪从没有如此通透过。

黑色光团不会是他的道，就像黑色光团利用他一样，对他来说，黑色光团也只是一个工具，甚至还不如他体内的那枚半生物的空间生物晶安全、好使和听话。

而对他帮助最大，也最让他放心，并且以后永远和他绑在一起的，就是自己的身体和灵魂。

"可是又绕回来了。我知道自己的身体和灵魂最重要，应该着重锻炼这两方面，但是要如何下手？又要如何让它们变得强大，还变得有用？"

少年坐在黑雾区中，放在腿上的手掌无意识地放出几根黑色光丝。

那些黑色光丝从他的手掌心探入他的身体，跟玩耍一样顺着他能量流经线路到处跑。

废墟中有一块断掉的牌子，露出地面的部分有三个字：基因石。

基因？忽然，一个记忆碎片在少年脑海中闪现。

他记得有一天他似乎做了一个奇怪的梦。

那个梦是关于哪方面的？好像出现了基因链一样的古怪图案。

他在那个梦里面好像因为玩了很多基因链，结果把自己变成了各种小怪兽。

黑色光团曾说过，黑色光丝属于他本身能量的一部分，和他原本的能量相辅相成。

而他原本的能力似乎可以让他变得适应某种绝境，以便逃生。

为了方便称呼，戚少言给自己这个能力取了个名字，叫"拟态求生"。

这次少年主动从大灾变场景中跳出来，他开始在各场景中寻找拥有类似拟态求生能力的主角。

会变色的蜥蜴？会拟态的虫子？会变形的植物？

总觉得这些和他的能力还是有一点不一样。他不只是会拟态、会假装，一旦他变形成功，是真的具有在某种特殊环境中生存的能力。

咕噜噜，肚子饿得咕咕叫。也不知过去了多少时间。戚少言把手伸进口袋，摸出一块肉饼边吃边继续寻找。

之前他曾经研究过，他能拟态是因为黑色光丝吸取了某种生物的基因，然后他的身体才能产生相应变化，就好像盖房子前总要有张图纸，而越复杂的建筑物需要的图纸就越多、越精细。

图纸……

叮！少年脑海中灵光一现。

看得越多，知道得越多，越来越多的思路汇聚在一起，在这一刻少年终于悟了。

他想通了！他终于想明白了！

这个世界有红雾能量，而承载红雾能量的是符纹体系。

不管地球上的生物有没有符纹能力，其实它们的身体都已经被符纹体系改造过。

而他之所以不能自我控制拟态，不过是因为他在拟态时没有考虑符纹变化，毕竟想要适应环境，就需要新的符纹来应对。

就比如想要飞翔，他必须有可以让他飞翔的符纹，没有相关符纹，那么具有飞翔能力的拟态自然也无法完成。

他之前为什么只能在无意识状态下拟态求生？是因为当时控制他身体的不是他自己的意识，而是黑色光团。黑色光团必定对符纹异常了解，自然想怎么变就怎么变。

戚少言喜得抓耳挠腮，他终于想通他的能力要怎样才能运用自如了，那就是他得先掌握符纹，越精通越好。

只要他能做到在任何一种环境、任何时间都可以任意改变自己的身体状态，那么他的强大将毋庸置疑，因为理论上他可以模拟出任何能力。

想想看，除非在瞬间杀死他，否则只要给他一点反应时间，他就能让自己变成克制敌人的能力者。而遇到强大的敌人，他则能让自己变成土、变成水，甚至变成空气，这样一来，还有谁能战胜他？

极限情况下，哪怕把他扔到太空，他都能活下去！

当然，以上美好想象都建立在他学会并精通符纹的基础下。

早知道符纹这么重要，他应该跟苦皮它们好好学一学符纹，不过苦皮它们对符纹知道得也不多。

符纹要学，但并不是他的道，他的道就是他的身体，是他本身的能力。只要他能掌握好自己的拟态能力，他什么能力用不出来？

怪不得他问黑色光团，他的感知能力是否是它给予的时候，黑色光团含糊其辞，想来感知能力应该属于他拟态出来的一种常用能力。

就算是黑色光丝，恐怕都是他为了更好地运用拟态能力，而在本能状态下利用黑色光团弄出来的常用工具。

符纹是知识，也是工具，等他彻底掌握自己的身体，下一步就是了解他的能力是由什么样的符纹构成，在脱离符纹后又会怎样。

换言之，他得走出一条哪怕没有符纹，他也可以随心所欲操控自身能力的道。

这将是一条非常漫长、孤独并且困难的道路。

找到了自己的道，还得给自己找点事做，否则人只是变强又有什么意思？

草药学和救死扶伤就是他的兴趣爱好，也将是他的职业。而且他学习符纹、研究自己的能力也需要大量能量币支持，他作为草药师的能力正好可以为他赚取能量币。

"你想知道的一切都在冥想学院！"好大的口气，不过他喜欢！

希望冥想学院真的能帮他拨开迷雾，让他走上属于自己的道路。

啃完肉饼的戚少言看到面前的模型场景只剩下两个，决定把这两个也都经历一遍，可惜他之前没有想明白，如果早点想通，他就不是只在旁边看看，而是用黑色光丝探索它们的能量路径、记下它们的符纹了。

"野生就是野生，没人指点的情况下，竟傻乎乎地把所有场景都经历了一遍。这只会让他更加难选择，而且会让他更后悔，他现在只剩下两个模型了。如果这两个模型场景中也没有他想选择的特殊存在，那他就只能在这两个场景中随便选一个。差评！"

某个房间中，某位中年人看着符纹眼投影过来的影像，摇了摇头。

"说不定那孩子就是抱着把所有场景都经历一遍，考试能不能过关反而无所谓的态度。"另一人反驳道。

"如果他有这样的想法，倒是蛮适合我们冥想学院的。"看戏的老师们再次讨论开了。

"你们在聊什么？你们这儿考到哪一关了？有没有到第四关？"门被推开，一名身穿军装的教师走进来。

"还没，第四关要求剩下的考生一起参加，如今还有两个仍旧在第三关。"

"今年的学生在第三关花的时间有点长。野生很多？"

"不，非推荐的野生只有一个。"

随后不断有监考完其他科目，闲得无聊的教师进入这个监控大教室。

大家都很期待冥想学院考试的第四关，那也是第一军校教师们最喜欢看的开学"电影"，没有之一。

本来老师们大多都在闲聊，可渐渐地，监控大教室里说话的人越来越少，很多教师都把目光投到了前方的投影上。

"那个野生小子在干什么？"

"他放弃了所有选择？！"

"哎呀，没见过这么笨的，好歹在最后一个场景中随便选一个呀，第三关就是送分关，重要的是第四关啊，蠢孩子！"

老师们纷纷开口，有几个急性子的甚至恨不得进去拍那小子的脑袋。

第五章　入学考试五

在最后一个模型场景变暗以后，那熟悉的声音再次响起。

"你找到最特殊的那个存在了吗？"

蠢孩子戚少言点头："找到了。这里最特殊的存在就是我自己。"

围观的众教师心想：好吧，这个小孩一点都不蠢！

不管他这个答案到底如何，第三关作为送分关，只要他给出一个回答就能过关。

戚少言看起来非常自信地给出了这个答案，其实心中多少还是有些忐忑的，但他并不后悔这么说，哪怕他的入学考试到此结束，他也觉得值了——这一关给他的启发太大，并帮他理清了未来想要发展的方向，让他对自己的道不再迷茫。

这对一个之前连自己能力到底是什么、该怎么用都不知道的人来说，真的太重要了。

"答案通过，考生戚少言将进入第四关。"

声落，房间里唯一的一扇门打开。

戚少言毫不犹豫地走出了那扇门。

仍旧是那个操场，仍旧是那位身穿军装式校服的青年。

青年看到他就直接说道："下面我将对第四关进行简单说明，你自己判断要不要继续，思考时间只有十秒。听好，第四关不像前面三关都

是符纹幻境，换言之，在第四关中你会受到真正的伤害，严重的话还可能会死亡。这是免责书，如果你执意要继续参加考试，请在这里签下你的名字并按上指纹。"

唰，一个夹着叶纸的板子递到他面前。

这说明可真简单，而且思考时间只有十秒，想问问题都来不及。戚少言并不怕受伤，也不怕死亡。怎么说他都是死过几次的人了，而且只要黑色光团不想他死，他恐怕想死都死不掉。

青年看少年连一秒迟疑都没有就唰唰签上自己姓名又按了指纹，挑了挑眉。

戚少言举手问："能提问题吗？"

青年答："不能。跟我来。这个给你，拿好。"

青年手一抛，少年伸手接住。

"这是符纹传讯牌，如果你在第四关遇到紧急情况或危险，可捏碎传讯牌，如果传讯牌的定位器没有出错，你只要待在原地，很快就会有人把你从考试场所带出去。但记住，一旦你捏碎传讯牌就被视为你放弃了这场考试，明白吗？"

戚少言看了下传讯牌，一块两根手指宽和一根手指长的牌子，摸起来很像符纹壳，正面刻了一个数字"37"，反面什么都没有。戚少言看完，把传讯牌收进口袋，即放进了空间中。

青年带着戚少言走出操场，走到位于操场后方的一栋教学楼中。

但他们没有走进教室，而是走向了地下室。

来到地下二层，青年在一扇刷了红漆的房门前停下，拧开门把手，侧身道："进去。"

戚少言吐出一口气，走进红漆门里。

大门无声关上，青年并没有跟着进来。

戚少言抬眼打量第四关的考试场地，这是一个很大的密闭房间，没有窗户，可以容纳一百人左右，在这里他看到了三十多名年龄不一的学生。之所以确定是学生，因为其中绝大多数人都穿着第一军校的校服，而没有穿校服的七个人就是这次的新考生。

"终于来齐了吗？"一名看起来二十多岁的青年靠坐在椅子上懒洋洋地说道，"既然来齐了，那考试可以开始了吧？"

最后一句话，青年像是在询问谁。

而青年问完不久，那个熟悉的声音就在这个房间里响了起来。

"人员到齐，宣布考试内容：请诸位考生在这间教室里生存到明天早晨八点前。考核合格标准：生存到最后，同时必须得到五枚以上其他考生的传讯牌。考试注意事项：手段不论，生死不论，中途如果捏碎传讯牌就算放弃考试，中途离开考场同样视作考试失败。现在，考试正式开始！"

全场一片寂静。

过了好一会儿，才有人开口："一年比一年苛刻了，我到底什么时候才能毕业？"

"把毕业考试和入学考试放到一起，再没有比我们冥想学院的老师更奇葩的了。"

"喂，那些大佬可都看着听着，你想被穿小鞋吗？"

"切！我还有一年，再毕不了业，就得滚出学校，去参加那狗屁的试验，我还怕什么？"

戚少言悄悄地走到教室墙边，老生们传递出来的信息量有点庞大，他需要冷静一下。

坐在离他不远的一名学长忽然对他招了招手："小子，你过来。"

戚少言没动。

那学长也没生气，脸上还带了一点笑容对他说道："我让你过来是为你好，你来得太迟了，能拉帮结伙的都已经凑到一起了，你现在就是个没人要的。不过我心肠好，尤其看不得你这种稚嫩的小毛孩子被那些残忍的大人折磨，你把你手上的传讯牌给我，我可以把你安全地送出教室。"

戚少言还没想好要怎么开口回绝，就听另一边一名学长大声嗤笑道："十五号，你这是想空手套白狼吗？喂，三十七号……你最后进来，应该是三十七号吧？我说三十七号，你可别傻乎乎地把你的传讯牌就那么送出去，至少也要卖一点能量币不是？喂，我说诸位，要不现在就开始拍卖，就从这小子的传讯牌开始？"

"行啊，反正想骗也骗不了，总有正义之士出现。"

"那就开始吧，底价就是报名费，我出二十能量币。"最先说话的懒洋洋青年对戚少言懒懒一笑，"怎么样，你退出不但能活命，还能把报名费给赚回来。"

戚少言无语。

"你当人家傻啊，都说了是价高者得，他肯定想看看还有没有人出更高的价。"

"那你们就出价呗，我又没拦着你们。"

戚少言现在稍微搞清楚了一点，看来这些老生已经形成某种同盟，他们很可能会先一致对付新考生，然后再内斗。

少年想到这里，看向其他六名新考生。

六个新考生也分了几个小团体，明明才六个人！

其他新考生的目光躲开，没有人和他对视，显然无意和他结盟。

"二十一。"

"二十二。"

"……"

报价都很低，戚少言觉得可能在三十左右就会停止，他的传讯牌将被分给某个老生。

第六章　入学考试六

一共三十七名考生，包括他在内的新考生有七名，老生三十名。

要想考试合格，每人除了保住自己的传讯牌，还得至少得到五枚以上别人的传讯牌，也就是说这场考核过关者最多只有六人。

在老生数量远远大于新考生、老生又结盟先收拾新考生的情况下，新考生极有可能全部淘汰。

这冥想学院的入学考试竟然如此困难？

不对，这只是一场入学考试，除非他们不打算收学生，否则绝不会出必死的考题。一定有什么方法可以通过这场考试。

手段不论，生死不论。

不能捏碎传讯牌，不能中途离开考场。

那么，如果他在考场内进入自己的空间，算是离开考场了吗？

这点他无法确定，只能当作最后的保命手段。

眼看报价已经停止，果然停在了三十能量币，最后出价的懒洋洋青年对他勾了勾手指："拿来吧，小鬼，一手交钱一手交货，交完我就送你出去。"

戚少言手伸入口袋，拿出来，手掌握成拳头："如果我不想交易呢？"

懒洋洋青年回答："那你就试试吧。"

戚少言身体做好了防守和攻击准备，眉头却动都没动一下："我在死之前一定会捏碎传讯牌。"

懒洋洋青年没动手，戚少言从对方的言行不一致中嗅出了一点什么。

懒洋洋青年说："没关系，这里还有这么多。"

戚少言摇头："并不多，全部三十七个人，最后最多只有六个人能考试合格，每少一枚传讯牌，能合格的人就少一个。"

懒洋洋青年有点不耐烦了，嗤笑："你是多余的那一个，你就算捏碎传讯牌，我们还是有六个合格名额。"

"那你们能确保剩下的人中就没有捏碎传讯牌的吗？"不等懒洋洋青年开口，戚少言就快速接着说道，"如果你答应保护我，让我留到最后，我可以保证你也是合格名单中的一个。"

懒洋洋青年一愣。

戚少言提高声音，同时对在场其他考生说道："我对所有人提出的条件都一样，如果有人答应保护我，并发誓让我留到最后，我可以帮助他取得合格资格。"

"扑哧。"不知是谁第一个笑出来。

所有人看向少年的目光都十分怪异，就像在看一个不知道自己在出丑的小丑。

"你凭什么说这样的大话？"十五号好笑道。

其他人也不是很急，现在到早上八点还有很长一段时间，也不在意看新考生耍宝。

戚少言认真道："我是初级草药师。如果你们对我动手，我发誓在我考试失败或者死亡的一刹那，你们所有人也都会被我毒倒。"

"噢噢噢！真可怕，竟然是初级草药师！还想毒倒我们所有人。你确定你没有少说一个字？"十五号大笑。

"听了好不爽，要不现在就来收拾他？"

"那如果他说的是真的呢？我可不喜欢毒药。"

"他的速度能快过我？"

"我也不怕毒药，就让那小家伙试试好了，正好淘汰一批人，省得我们自己动手。"

"喂喂喂，要动手就赶紧动手，你们这样光说不练，这些新考生都快把我们当好人了。"

"急什么？"

"就是嘛，有什么好急的。新考生真的被解决完，我们就要倒霉了，让我们轻松一会儿不行吗？"

"别说了可以吗？什么都给你们暴露出来了！"

七名新考生听老生们你一言我一语，只觉得信息量巨大。

戚少言傻乎乎地插话说："我也可以帮助你们，我配药和治病都很不错。"

"那你怎么不去考草药师学院，跑来冥想学院干吗？"一个胖胖的老生一脸"你吃饱撑的"表情。

戚少言实话实说："我报名了，考试时间在后天。"

"自然大学的草药师学院？"

"对。"

"你说你是草药师，证明呢？"懒洋洋青年问。

戚少言沮丧地说："之前丢了，来兽城后还没有来得及去办，能量币只够报名。"

原本他打算明天去飞马车行领他的报酬。这时他已经彻底把段神医买复能丹应该付给他的一千能量币给忘了。

懒洋洋青年的脸皮抽了抽："你当我们是傻子吗？就你这个年龄，你说你是初级草药师学徒还有一定可信度，竟然直接就说自己是草药师！最后问你一次，交不交？"

戚少言重重叹息："好吧。不过交出传讯牌之前，我还有一个问题，谁能回答得让我满意，我就把传讯牌送给他，一个能量币都不要。"

"小鬼，你真是我见过话最多的新考生！"懒洋洋青年被他气得笑起来，"你问吧，我看你能问出什么问题来。这次你再耍滑头，就别指望毫发无伤地走出这间教室。"

戚少言表示听明白了，问道："冥想学院到底教些什么，它的最终目的是培养哪方面的人才？"

众人再次表情古怪。

十五号不可思议地问道："你来参加考试，竟然不知道冥想学院教的是什么？报名须知你买了吗？上面就有介绍，你也没看吗？"

戚少言回道："没看懂。报名须知上对冥想学院的解释就是：让一切不可能在冥想中变成可能。"

"我觉得这句话已经说得足够明白，如果你没看懂，就表示你不适合冥想学院，放弃吧，放下传讯牌滚出去！"又一名老生开口。

这名老生看起来非常冷漠，长得不错，但给人莫名凶厉之感。

戚少言没理他，看向其他人："其他学长能帮我解答吗？"

一个胖学长看人家都沉默，嘿嘿笑道："行，他们不解释，我来解释。冥想学院是教什么的呢？冥想学院就是让你做梦，做梦时自然一切不可能都能变成可能。但怎么才能让梦变成现实？这就是需要我们研究和实践的地方。"

"喂喂喂，不要骗小孩子好不好？他们还没进学院，尤其这个一看就是野生，什么都没接触过，你胡说八道，他要真信了怎么办？"提议拍卖的青年说道。

"那二号你说啊。"胖学长不高兴了。

二号正义青年耸耸肩："我说就我说，其实冥想学院没你们想的那么神秘，这个学院的宗旨就是研究等级突破方法。在大灾变后，人们身体中出现了符纹能量体系，但如何使用、如何提高，以及其根本原理等，并没有人知道,大家只能凭借实践来一点点总结。后来人们总结出了一定规律,也总结出了不少升级方法,但是如何从三转三级突破到至关重要的三转四级一直是一大难题,因为这个坎,非自然种的寿命一直卡在四十岁左右。"

戚少言边听边点头,这位比较正义的学长说的话听起来还比较靠谱。

二号看几个新考生听得认真,就继续说道:"除了突破到三转四级是一道坎,三转九级以后的路据说也没有大能知道,大家都在摸索。在这种情况下,冥想学院应运而生,它存在的价值就是帮助人们理清思路,并想出更加合理的修炼方法,从符纹能量层面和精神力层面,来解决非自然种寿命短、生育难这两大基因缺陷,同时解决突破难的问题。"

"也就是说,"二号最后总结道,"我们更像是学校许多大能老师的实验体,他们和我们一起根据我们每个人的情况,改善我们以前的修炼方法,想以此找出一条在基础阶段就能有明显效果的符纹和精神力修炼法。"

懒洋洋青年打了个哈欠:"小子,听清楚了?冥想学院可不是什么好地方,危险、无聊,将来的路未知,还得做别人的实验体。如果我当年不是上当受骗又不小心过了入学考试,我也不会进这个该死的学院。这见鬼的学院还不准人退学!现在我们这些老生是想离开都离开不了,只能等学校将我们踢出去,但冥想学院的学生就算离开学校,也极少能获得自由,九成以上的人离校后不过是进入另一个牢笼,继续做实验体。"

戚少言不知他们说的是真是假,但看那些老生的表情,似乎不像是假的。

就在这时,一直没有说话的其他六名新考生中的一个开口了:"听你说得那么凄惨,真可怜。可我怎么听说第一军校冥想学院的学生都实力雄厚、知识丰富,据说科学院好几个正、副院长或分院长都是来自冥想学院,就连我们兽城的城主也曾在冥想学院进修过。还有其他许多例子，我就不多做说明了。"

"我们突破确实快一点。嗷！谁打我？"二号正义青年话还没说完，就被攻击了。

凶厉青年看向二号的眼睛里满是凶光。

二号找到动手者，骂道："三号，你搞什么？"

"浪费时间，快点把这些新考生都给解决掉！你们要是不愿动手，那就让我来。"

戚少言出声："这位学长，千万别激动，激动容易……"

三号凶厉青年身体突然一晃，随后不等站稳，就猛地逼到戚少言身边，伸手就去抓他脖子，口中同时厉喝："你对我做了什么手脚？"

他的手还没有碰到戚少言的脖子，三号凶厉青年竟"砰"的一声倒在了地上。

而这只是开始，其他学长有想过来查看情况的，可身体刚一动就面色改变。

"大家不要动，我们中毒了，见鬼，这小鬼施毒手段真厉害，我竟然没有发现。这种毒只要不动弹就发作得慢，一旦运用符纹能量就会立刻发作。三十七号，不错，好手段！"十五号恨声夸赞。

戚少言没有笑，如果这些学长的目光能杀人，他现在已经死了。

"动手！"年轻稚嫩的声音，应该属于新考生中的一个。

戚少言挑眉：竟然有不怕他毒药的，或者对方有解药？新考生都如此，那老生呢？

这么一想，戚少言没有急着去攻击其他人，而是退到了一个角落，并故意在自己身边摆上了几个小药盒。

新考生有两人动了，但那些老生又怎么可能停留在原地任由新考生宰割？

第七章　入学考试七

只眨眼的工夫，血腥味传来，教室里除了喘息声，竟没有其他声音。

两名新考生倒下，全都受伤，伤口流着血，但胸膛仍有起伏，应该还活着。

看来这些学长嘴巴上说得凶，但并不想杀人。如果他们真有心杀人夺传讯牌，七个新考生都不一定能活下来。

不过这也是戚少言没有用一秒断魂类毒药的原因。

别看现在大家都保持沉默，能不动就不动，但这并不代表在场的人就没有反抗力，他们应该只是在等待，等别人互相攻击，然后得渔翁之利。

戚少言本想过去看看受伤的新考生，忽有所觉，当下转动头颈，侧头看向身边。

凸凹有致的身材，修长的双腿，削薄的短发，堪称艳丽的面容，组成了一名让人见之难忘的绝代佳人。

奇怪，他进来那么长时间，竟然愣是没注意到教室里还有这么一位漂亮的女生。

漂亮女生在他身边缓缓蹲下，然后竖起一根手指，手指尖冒出一缕火焰。

一般的女孩子做这样的动作会显得不太文雅，但这位穿着长裤的漂亮女生完全不会给人这样的感觉，她的动作洒脱、神态自然，就好像她做什么事都天经地义。

"你的药确实很厉害,但再厉害的药物也怕火。给我解药,我保你到最后。"漂亮女生对少年说道。

戚少言眨眼:"你发誓?"

漂亮女生似笑非笑:"你相信誓言?"

"相信。"

"我不信。誓言如果有用,还要军警和法律干吗?"

"那你怎么确保你说的是真的,没有骗我?"

"可以立契约,有法律效用的那种。"漂亮女生手一晃,手中出现两张叶纸,竟然都是写好了内容的。

"这是兽城通用的契约,条款都是经过法律认可、被所有人公认公平的,立契约的双方只要在契约内容里填上相应约定,再签字画押,这份契约就具有法律效用了,违约方将受到六族通用法律的制裁。"

戚少言接过契约,认真看了一遍,契约内容果然很公平,违约惩罚也很重,上面写着如果在收到法院传书后仍旧不能履行约定并不能给出正当理由,违约者将在 定时间内无法享受六族任何福利和权利,并将按照违约程度接受一年至十年期强制劳役,如果逃跑则会成为通缉犯。

"契约没有问题,但也要我能活着把契约递交给法院吧?学姐这么厉害,如果等会儿你杀死我,再毁掉契约,这契约立了不也跟没立一样?"

漂亮女生起身,翻了个白眼:"看来你不但是野生,还是乡下来的。拜托你仔细看看这个契约,我会随便拿出两张纸来糊弄人吗?这是符纹契约,一旦签订,这份契约就会在契约院备案,契约完成后,需要双方在这个符纹契约上注明已经完成。如果超过时间还没有注明,或者有一方在契约上进行申诉,就表示有人违约,契约院那边会查出,并交给法院进行调查。法院调查清楚后,就会派军警抓人。"

戚少言忙低头重新看契约,这才发现契约纸果然和普通叶纸不一样,纸上有符纹，还不止一个。

契约下方有两个框，一个框让契约双方确认契约已经完成，还有一个框则是用来申诉。

"小子，赶紧签了吧。也是你们运气好，大姐头不喜欢我们杀人，否则你们这帮新考生怎么可能活到现在？"一名说话声音软绵绵的老生开口道。

"九号，求你不要说话可以吗？听你说话，我就浑身冒鸡皮疙瘩！"十五号骂。

"呵呵。"九号连笑声都软绵绵的。

"这个契约看起来真不错，确实比虚无缥缈的誓言有用得多。"戚少言干笑。

漂亮女生幽幽道："当然不错。这个符纹契约也叫公平契约，每一份就要五百能量币。我没让你出另一半，你就该感恩戴德。"

戚少言咋舌，好贵！不过符纹契约，还能自动报警和申诉，只凭这点就值这个价了，更何况契约院、法院及军警方面出动也需要报酬嘛。

"大姐头，我出契约的钱，带我一个吧。"胖胖的青年冲着漂亮女生谄媚地笑。

漂亮女生嫌弃地道："你太胖！"

胖青年号叫："我今天就开始减肥！"

"一千。"大姐头出口就翻倍。

胖青年一口答应："没问题。"

"咳。"二号正义青年动了，过来走到戚少言身边。

"怎么，你也想加入？"大姐头望向二号青年。

二号青年摇头："用不着，这小鬼还有点良心，没给我下毒。"

大姐头闻言，眼中闪过一丝异色。

胖青年直接叫道："我现在相信这小子真是草药师了，给很多人下毒简单,想要单独避开某个人下毒可不容易。"

公平契约签好,双方在一个框里印下指纹。按照大姐头所说,还可以滴血。

其实这个公平契约仍旧有漏洞,比如可以利用刚死的人的指纹和血液签约,就算契约会辨认出签约者的符纹能量,但刚死的人的血液仍旧含有一定能量。或者一方直接强迫另一方承认契约已经完成。

二号青年瞅瞅戚少言,道:"看在你小子还有点良心的分上,我可以做中间人。"

戚少言也看到契约上有中间人签名栏,中间人的存在就是为了减少漏洞。

大姐头也同意了。

等二号青年在中间人栏印下指纹,这份公平契约的可靠性又提升了一点。当然这要二号青年真的不偏不倚才行。

戚少言现在是弱势的一方,只能选择相信他们。其实就算没有这纸契约,他也能保证自己活下来并不会失去传讯牌,但想考试合格就难了。

服下解药后,胖青年很快就跳起来活动身体,围着戚少言转圈,满脸不怀好意。

大姐头目光扫过全教室:"四个人,还有两个。"

众人沉默。

大姐头微微一笑:"现在是你们自己交出传讯牌,还是我动手把你们全都扔出去?"

懒洋洋的青年忽然动了:"一点毒而已。"

随后十五号、九号、二十一号等至少一半老生都表示不用大姐头"特别关怀"。

戚少言心想:幸亏自己没有得意忘形,否则这会儿躺在地上的就是他了。看来毒药也不是万能的,下次要更小心一些才是。

转而少年又想起巨鹿骑兵，当初巨鹿骑兵大多数栽在他的毒药上，但冥想学院的老生竟然有一多半没事，是他上次用的毒药更毒，还是冥想学院的学生比较厉害？

戚少言认为应该是后者。

"大姐头，我去看看那两个新考生。"戚少言如今有人保护，胆子也肥了。

那两个新考生看着年纪不大，如果再任他们流血流下去，说不定真的会死。

大姐头没反对，但胖青年在一边阴恻恻提醒："救人是很好，但也要看救谁。那两个小子出手阴毒得很，上来就要抹人脖子，你别救了人反受其害。"

戚少言出手也并未留情，所以只凭这一次他并不能断定那两名新考生就一定是心肠恶毒的坏人，有时候是环境逼迫而已。戚少言虽心里这样想，可走过去时也提高了警惕。

受伤的两名新考生一人昏迷，一人清醒。

戚少言说明自己只是来救人，清醒的那个新考生对他低声表示感谢。

等戚少言给两人止住血，清醒的新考生主动把自己的和昏迷者的传讯牌都送给了他——他们伤势不轻，已经没有机会，与其留下受罪，还不如主动点赶紧出去疗伤。

胖子过来，逼迫其他四名新考生交出传讯牌。

有两个人交了，换来戚少言的解药，还有两个人没有动。

胖子对那两人嘿嘿一笑，没再逼迫他们。走过去打开那扇血红的大门，把四个交了传讯牌的新考生给扔了出去。

血红大门重新关上。

"你们怎么说？"大姐头看向中毒的那些老生。

一名中毒老生问戚少言："你的毒只要不使用符纹能量就不会

发作？"

戚少言慎重道："还不能太激动。"

"我打算留下看看机会。"那名中毒老生笑了笑，坐在原地没动。

最终有四名老生拿传讯牌跟戚少言换了解药，自己打开血红大门走出了教室。

"唔，考核差不多该正式开始了。"懒洋洋青年伸了个懒腰，忽然从教室中消失。

戚少言一惊。考核正式开始？什么意思？难道刚才只是开胃菜？

第八章　入学考试八

二号迅速开始布置，在他们的周围描画着什么。

胖青年从口袋里掏出一根像是吹管的东西放到嘴里。

"进来。"二号道。

"小子，进去，待在那里面别动，我们会保护你，但不一定能确保你过关。"大姐头手指二号画好的符纹，对戚少言说道。

戚少言毫不迟疑地跨进去，同时问："刚才那个人说考试正式开始是什么意思？"

"就是……我们不可以出去，但别人和别的东西可以进来的意思。"大姐头声音刚落，教室里忽然腾起淡红色雾气。

戚少言几乎在第一时间就感知到这是稀释过的红雾。

而在淡红色雾气开始弥漫的同时，血红大门再次打开，有什么进入了教室。

大姐头和二号等人的身影开始变得模糊。

"是变异赤蚁军。大家小心！"大姐头沉声提醒教室内所有人。

戚少言将视力提升至极致，可以看到一群赤红色的大蚂蚁围着他爬来爬去，但它们似乎感觉不到符纹中的戚少言一样，全都忽略了他。

教室中忽然刮起风刃，一道道风刃攻击起地上的赤蚁。

但那些赤蚁的外壳异常坚硬，风刃不但没能杀死它们，反而激怒了它们。这些变异赤蚁挥舞着两只大钳子见东西就夹,最可怕的是它们数量太多。

"啊!怎么这么多!学院就是不想让我们毕业吧!"不时传来愤愤不平的叫骂声。

"小心,又有东西进来了,会飞的,是变异马蜂。这是天上地下一起来了。"

"大家暂时合作对敌如何?否则又是全军覆没。"

"别废话了,开杀吧!这时候谁还在背后捅刀的,考核过后大家一起对付他!"凶厉青年的声音冒出。

大姐头开口:"所有人聚集到这边来,两秒,一、二,动手!"

咻!一道火焰从胖青年嘴里含的吹管中冒出,火焰温度极高,一出来就让碰到火焰的数只赤蚁变成灰烬。

戚少言身边突然出现十几个人。那两名疑似中毒但不肯交出传讯牌的新考生也跑了过来。

戚少言看他们的模样,似乎并不受他的毒素影响。

"需要解药吗?"戚少言问他们。

结果换来四道冰冷的目光。

戚少言耸耸肩,他本来看在他们几个都是新考生的分上想白送解药,既然对方不需要,他也就不贴冷屁股了。

放火的不只胖青年,其他老生也在放火,那边则是一放一大片。

风吹起,不再是风刃,而是试图把天上地下的变异马蜂和赤蚁集中到一起,好方便伙伴焚烧。

其他人也在辅助,几乎不用说什么,大家似乎都知道该怎么配合。

水系异能者释放出水流,冰系异能者趁机把漏网的马蜂和赤蚁给冰冻起来,不让它们接近。

"节约能量!大家轮番上。"大姐头下令。

"是！"

火焰之后就是雷电，力气大的考生直接拿出重锤类武器，把被冰冻的异兽砸碎。

战斗由此展开。

马蜂和赤蚁刚被消灭，大家还没有来得及喘一口气，窸窸窣窣的声音再次响起。

戚少言看老生们配合默契，心中奇怪，这么厉害的老生怎么到现在都没有毕业？

很快他就知道原因了，冥想学院的考试实在太变态，放进来的异兽竟然源源不断，丝毫不给大家休息的机会，更可怕的是进来的异兽一波比一波强大。

到底是怀着什么样心思安排的考试？

那两个新考生也动手了，大姐头问了他们的能力，其中一人能把别人的血液转变成油，另一人可以变身蜥蜴，同时百毒不侵。

大姐头根据他们的能力，把他们也编入战队中，让他们跟着轮番对敌。

戚少言自称草药师，自然就成了战场后勤，专门负责给受伤的考生医治，他所待的符纹圈也成了战地医疗所，成为大家重点保护的对象，脱力的人也可以进入其中休息。

"你还是治疗师？"接受他治疗的老生看着自己快速愈合的伤口吃惊地问道。

戚少言笑笑没否认，他自从搞清楚自己的能力后，对能力的运用也开了窍。所谓治疗能力，不过是他把黑色光丝送入对方体内，暗中激发抹在伤口上的草药的能量，同时释放出自己的一定能量刺激对方的伤口处的细胞，使之快速愈合。

可黑色光丝非常小气，不肯使用戚少言的也就是它们自己的能量，戚少言用了几次后感觉异常吃力，就借用了伤患体内的能量，这样伤患的伤口愈合得更快，但痊愈的同时也感到能量匮乏——黑色光丝每次"治疗"时必然会带走一部分"报酬"，不过它们也不挑剔，选的都是伤患可以付出的能量，比如脂肪。

胖青年感觉自己受伤被治愈后竟瘦了不少。

戚少言无语。

能量匮乏能用能量补充，所以那些受伤的老生并没有觉出不对，反而对戚少言十分感激。

大姐头听胖青年嚷嚷说治疗完瘦了许多，戚少言的治疗附带美容效果，竟十分感兴趣，表示她也很想试试。

但大姐头实力高强，她能控制异兽自相残杀，凡是冲到她面前的异兽没有一个有好下场，有的直接叛变，保护大姐头对付自己的同类。只不过她的攻击也不是次次都能奏效，而且这种控制让她消耗也很大。不过就算如此，大姐头也是少数到现在还没有受伤的老生之一。

"欢呼吧，我们遇到了最变态的考试之一，不但逃跑的范围被限制，还要迎接源源不断的敌人。"胖青年呼哧呼哧喘着粗气，他的能量快用尽了，吹管已经吹不出温度极高的火焰。

二号青年似乎是符纹师，他使用的是符纹武器，他也在现场帮大家制作和维修符纹武器。他制作的可以爆炸的符纹木牌特别受欢迎，但随着时间的流逝，他制作符纹武器的原材料好像也没了。

"你们还记得柳老上学期期末上课时曾跟我们说过的一个案例吗？"二号擦汗，说道，"他说当初六星军的一支队伍在清除红雾区时遇到异兽暴动，他们被迫逃至湖中一个小岛上，遇到了源源不断的异兽攻击，几乎无路可逃。他们坚持了整整二十六个小时，一直等到援军到来，但原本两百人的队伍最后只剩下二十人不到。"

"所以这是模拟那支队伍遇到的绝境？"

"我们应该感谢学院那群变态老师，至少他们没让我们坚持二十六个小时，而是十五个小时。"

戚少言这时才知道第四场考试开始的时间是下午五点，他在第三场考试中感觉花了很长时间，没想到实际上只过去一两个小时。

这种退无可退又有数不尽敌人的考核非常磨炼人的心性。

就如胖青年所说，学院对他们并没有下死手，至少他们知道只要坚持到第二天早上八点就能获救，而不像那支六星军队伍一样，根本不知道援军何时才能赶到，那才是真正的极端环境。

而且那支六星军队伍当时被困在岛屿上，四面八方都是敌人；他们虽然同样无处可逃，可至少他们不是四面对敌。最重要的是，如果他们想离开，随时都能离开。

第九章　入学考试九

考生目前遇到的第一个大问题就是如何补充能量。

他们没有被限制携带能量币和其他饱含能量的物品，但一个人又能携带多少？

大姐头要求每个人先拿出五百能量币，现场拿不出来就事后补，不愿意的就交出传讯牌离开。

离开的方法很简单，都不用通过血红大门，二号直接在他们背后的墙壁上开出了一扇门，想要出去的人随时都能出去。

但出去了就会失去考试合格的可能。

老生知道的事情果然比新考生多很多，至少他们知道这间教室不止一扇门，怪不得他们没有堵在血红大门门口，而是选择占据了这里，从这里出去都不用担心遇到异兽攻击，这就是学院给他们留的安全后门。

戚少言望着那扇颜色和墙壁一样的隐蔽门，心想：其实这才是这场考试最可怕的地方，看似宽松，看似给人留了活路，其实极大地动摇了大家拼死的决心。这扇门的存在，告诉每个考生——你们可以不用拼命，你们完全可以有更轻松更安全的选择。

戚少言似乎明白了这个冥想学院想要什么样的学生和毕业生。

如果说冥想学院的存在是为了帮助人们突破，那么突破最大的困难是什么？恐怕不是突破方法，而是突破者本身。

智慧，实力，意志力。想要突破，这三者缺一不可。运气也很重要，但前三者结合往往就能创造出更有利的环境和条件，有智慧有实力又意志力坚强的人运气往往也不错，因为他们总能坚持到最后，从而得到自己想要的。

戚少言想通了这一点，原本打算在大家支持不住时，哪怕暴露自己的实际能力也要救助大家的想法改变了。如果学院想要看有多少人能坚持到最后，那他很早就出手的话，学院这项考试就没有了意义。

"大家打起精神来，这次来的是二转高级异兽血毒兽！"大姐头一声大喝。

变成蜥蜴的新考生一听是血毒兽，脸色当场改变，不过他现在是蜥蜴体，别人看不出他的脸色，但他自己知道。他虽然号称百毒不侵，但也只是不怕普通的毒而已，像血毒兽的毒血他就无法抵抗。

他变身蜥蜴可以和周围环境融为一体，用来自保和偷袭最有效不过，他又百毒不侵，他以为自己能坚持到最后，可是这才过了三分之一的时间，血毒兽就出现了，如果只有一头还好，但血毒兽是群居动物，学院应该不止放出了一只，等会儿如果多来几只……

二号青年则直接说道："想退出的人现在立刻退出，实力不济的不要强撑，我的符纹挡不住血毒兽，它们射出的毒血有腐蚀符纹的作用。"

没有人退出，看出学院想法的人可不止一个两个，大家都想坚持到最后。

但有些事情并不是你想坚持就能坚持，意志力再强，也要看你有没有那个实力。

公平？对新考生太残忍？对不起，这不在冥想学院的考虑范围内。

冥想学院摆明了从一开始就只要最强最好的学生，次一点的它都不要！

可即便是这么可恶的学院，进来的老生也没有一个主动退学，他们宁愿毕不了业也要待在学院里，甚至愿意服从学院分配。

这是戚少言第一次见到血毒兽，这种异兽遇到敌人和猎物，不是用牙齿和爪子攻击，而是把自己身上鼓起的血泡一个个释放出来，遇到目标就炸开。

身上满是血泡的异兽自然好看不到哪里去，那密密麻麻的血泡可以让任何一个密集恐惧症患者迅速奔逃，连多看一眼都不愿意。

血毒兽体形不大，跟一只成年中型犬差不多大，但那模样太丑了，看起来就像是浑身长着血泡的癞蛤蟆和老鼠的混合体，有着老鼠的脑袋和老鼠的尾巴，表皮和四肢却跟癞蛤蟆类似。

"所有人都不要动，不要靠近那只血毒兽，它如果炸开了，所有人都要遭殃。血毒兽看不到静态物，只能靠舌头感知周围环境。二号，布置相对应的迷踪符纹，尽量拖延时间。四号和十五号加高对面温度，迷惑血毒兽。九号、十号、二十一号，你们三人配合，用风旋卷起物品，让血毒兽释放身上的血泡，能消耗多少是多少。三十七号，你能解血毒兽的毒吗？"大姐头再次调整攻防方案，最后询问戚少言。

戚少言谨慎回答："我没见过血毒兽，也没有治疗过被血毒兽伤害的人。"

大姐头皱起眉头："受伤的人仍然先去三十七号那里，如果三十七号无法治疗，最好立刻离开教室，外面有教师负责接应和治疗。血毒兽的毒很麻烦，具有腐蚀性，而且扩散速度极快，千万别强撑。"

大家表示知晓。

"我可以试试把血毒兽的血液变成油。"留下来的新考生中的一个忽然开口。

"那是二转高级，你的符纹能力对它有效吗？"大姐头问。

新考生回道："我想试试。只要让我碰到它。"

"要直接接触？不行，太危险。"

"我有护身符纹。"新考生说出自己最大的依仗。

大姐头脸上露出笑容，对这名新考生有所改观，道："不错，别人都想着如何保存实力撑到最后，你却愿意站出来，这点很好。"

戚少言心中惭愧，他就是想保存实力的那一个。

那新考生被夸得脸红。老生们有几个发出怪笑。

大姐头随后迅速做出决定："先消耗那只血毒兽一部分体力，然后你再上。"

在大姐头的安排下，血毒兽上当了，释放大量血泡炸不存在的敌人。

"别让毒血扩散开来，火焰，上！"

大量火焰升腾，焚烧炸开的毒血。

空气中弥漫着难闻的怪味。

有人感到昏眩。

"不要躲，这个可以解毒。"戚少言感知了空气的成分后，用最快的速度找出克制的药物，手一甩，雨滴一般的药液落到众人身上，同时冲淡了空气中的怪味。

大姐头见血毒兽身上的血泡被消耗了大半，露出了滑腻的皮肤，随即对那新考生三十六号示意。

懒洋洋青年出现，抓住了三十六号的手腕："不要抗拒，不要发声，我带你过去。"

懒洋洋青年和三十六号的身影一起消失。

过了一会儿，那只血毒兽突然发出一声凄厉的惨叫，整个身体开始剧烈颤抖。

"它在反抗，快杀了它！"三十六号大叫。

懒洋洋青年带着他飞快退回。

大量攻击袭向血毒兽。

"啪！"血毒兽在最后关头选择了自爆，但炸开的身体并没有产生多少危害，它的血液包括身上的血泡大多数变成了油脂。

控风的老生适时把它炸开的血肉控制在一个范围内，控火的老生则迅速焚烧残渣。

油脂碰到火，烧起来更快更烈。

怪味再次弥漫，但对大家已经没有害处了。

戚少言赶紧要了一块血毒兽的肉，以便分析血毒兽的毒。

"成功了！"大姐头欢呼。

大家也都异常高兴，这次竟然没有一个人受伤。

胖青年用力拍三十六号的肩膀："干得好，以后就跟着胖爷，胖爷罩你。"

二号却在此时突然变了脸色："又来了，这次更多！"

众人悚然，淡红色雾气中，一头又一头血毒兽进入了教室。

"老大？！"胖青年失色。

大美人抿了抿嘴唇，目光坚毅："我控制它们，尽量让它们自相残杀。其他人仍旧按照刚才分配，一头一头扑杀。不要乱，也不要怕。二十八号，我需要你的帮助。"

戚少言身边忽然响起一个声音："如果只有六个人，也许我能坚持到最后，人数太多，我的防护罩就要变大，变大就会变薄，薄了防护力就会减弱。一号，你选择吧。"

众人的心情瞬间变得怪异。

第十章　入学考试十

　　戚少言转头，看到一个长相普通丝毫不引人注意的青年。

　　大姐头咬牙："名额算你一个，但你得尽量坚持，至少挺过这一波。"

　　二十八号不紧不慢地说："血毒兽的毒血对我也有腐蚀作用。"

　　那名变成蜥蜴的新考生突然说道："你们是不是已经早就定好六个名额了？你们说得好听，让大家一起坚持。但实际上其他人对你们来说就只是帮你们拖延时间、应对异兽并在最后提供传讯牌的傻瓜吧？"

　　胖青年怒斥："闭嘴吧！别在这时候扰乱军心，我们就算有这个想法又怎么了，难道你一个人还能坚持下去？别忘了，是你们自己想要留下的。"

　　蜥蜴新考生冷笑："我留下是因为我那时还怀揣希望，但现在……既然我铁定考不上，干吗要成全你们？"

　　说着，他就用最快的速度跑向那扇后门。

　　懒洋洋青年堵住了门，懒懒地笑："想走可以，把传讯牌留下。"

　　蜥蜴新考生恢复人形，梗着脖子道："凭什么？"

　　懒洋洋青年回："凭我可以杀了你，你忘了这场考试有死亡名额？"

　　蜥蜴新考生变了脸色，手捏着传讯牌几次想要下狠心捏碎，到底舍不得自己的命。

　　懒洋洋青年抓住蜥蜴新考生抛给他的传讯牌，确认无误后让开后门位置。

蜥蜴新考生气呼呼地冲出后门。

"六个名额啊,这可真讨厌。"一名老生开口。

气氛顿时变得紧张起来。

二号大骂:"你们搞什么?进来的血毒兽太多,我的迷踪符纹已经坚持不了多久了,要动手就趁现在!"

"我放弃考试,传讯牌也可以交给你们。剩下的时间我也可以帮你们,但亲兄弟明算账,我剩下的时间都算被雇佣,每帮助你们一个小时,我要收三千能量币。"刚才开口的老生道。

戚少言呆滞:还能这样玩?

"三千?你怎么不去抢!"胖青年跳脚。

那老生不急不忙:"这可是毕业考试,二号也坚持不了多久,你确定要现在跟我讨价还价?"

此时,另一个老生也呵呵道:"我同意二十七号的建议,三千能量币一小时,传讯牌现在就可以给你们。最后六个人平摊,其实也没多少。"

戚少言心想,怎么可能没多少。一个人一小时就是三千,就算平分到六人头上,每个人也要付五百,现在离早上八点还有八个小时左右,如果有人能坚持到最后,就是四千。两个人就是八千,三个人就是一万二,四个人……

这还不算大家补充能量消耗的能量币。

戚少言不敢再想下去,这个合格代价也太高了。

大姐头却眼都不眨地当场同意:"可以,就这么决定。"

戚少言……想放弃了。

冥想学院就是再好,他也不想负债入学,尤其是背负大量债务。

"呃,如果我也愿意在最后放弃合格名额,把我的传讯牌分给其他人,那么我也能得到同样报酬对吧?"戚少言小心翼翼地问。

胖青年哈了一声，其他老生也用怪异的目光看向戚少言。

"对，这个条件适用于在场所有人。"大姐头无奈道。但她可不觉得有人会傻到为了一点能量币就放弃能考入冥想学院或者毕业的机会。

戚少言重新振作起来。太好了，就算他坚持不到最后，也能分到不少能量币，这个买卖很划算，非常好。就算为了能量币，他也要尽量坚持！

战斗再次展开。

而经过前面的战斗，拖后腿的人已经差不多全被淘汰，剩下的要么为了合格名额，要么为了能量币。

虽然人数减少，但在大家齐心协力的情况下，配合度反而更高。

戚少言也终于见到了冥想学院老生们的真正实力。

那名二十八号变出了一个超级大的龟壳，形成一个可供疗伤、休息、补充能量和武器的安全堡垒。

血毒兽被老生们灵巧地分开。

一号大姐头控制了一头血毒兽，让它去对付另一头。在两只血毒兽拼得快要同归于尽时，胖青年及时放出超高温度的火焰，直接把两只血毒兽一起化为灰烬。

那名凶厉青年和懒洋洋青年配合，带着那名可以把血液变成油脂的新考生不时进出血毒兽群。

凶厉青年放出雷电，电得血毒兽浑身打摆子。懒洋洋青年再趁机带着三十六号接近血毒兽，把血毒兽的血液变成油脂，然后懒洋洋青年和凶厉青年一起出手，杀死痛苦挣扎的血毒兽。

二号利用符纹武器和另一批老生迷惑和消耗另一部分血毒兽的实力，等待其他攻击力强的老生解决手头上的血毒兽后再来帮他们。

一开始节奏很好，可他们没有替换的人，能量消耗非常快且大。

到后来，哪怕血毒兽的数量减少，大家应付得也吃力起来。

吃力就会有破绽，有考生被血毒兽的毒血所伤，在同伴掩护下退回龟壳堡垒。

戚少言在自己身体里的大量储备中确实找到了能缓解血毒兽的毒的解药，但他嫌效果太慢，就直接用黑色光丝吸取伤者身上的毒素。

中毒的考生不明究竟，还以为是他的配药起了效，都夸赞他在草药学方面有天赋，又说这种解毒药在外面能卖不少能量币。

戚少言一听价格，深觉卖饼的果然不如卖药的，他以后还是卖药吧。

至此，考生们配合得都非常好。

可是他们配合得再好，也敌不过学院的"丧心病狂"，学院就像是不想有人毕业也不想有新生入学一样，在考生们好不容易干掉所有血毒兽，累得瘫在地上大喘气时，他们又放进了一头三转的异兽。

"啊啊啊！"老生们发出惨叫，一个个咒天骂地，也不管这场考核会不会有人监看。

戚少言内心激烈挣扎。考生们如今最缺的就是能量补充，先不说能量币的消耗有多可怕，光吸收能量就需要不少时间，而且吸收能量币本来就有损耗，通过能量币来吸收能量是最不划算也最浪费的一种能量补充方式。

戚少言可以帮助大家，他不但能帮他们补充能量，而且如果他能打破异兽的防御，黑色光丝就会出手……甚至不打破防御也行，防御也是能量，黑色光丝只要接触到能量就能吸收，他完全可以一边吸收异兽的能量，一边给考生们输送能量。

但这样做太明显，石头的预言也在影响他，他确实很怕使用这个堪称逆天的能力后，造成恐慌，进而成为公敌。

如果黑色光丝不被人看到就好了。

如果有大量符纹结晶就好了。

戚少言脑中闪过一道光，他能不能吸收异兽的能量后直接给符纹壳充能？他身上可是有不少符纹壳。

如果可以这样的话，他也不需要吸尽异兽的能量，只要悄悄吸取一部分，降低它们的实力，让它们变得无法全力攻击，而老生们可以持续补充能量，此消彼长下，撑到早上八点也不是不可能的事情。

那么就只剩下一个问题，他要怎样让黑色光丝变得无影无形不被人察觉？

第十一章　入学考试十一

想让黑色光丝变得无影无形的方法很简单，拟态。

他全身都能拟态，更何况作为工具的黑色光丝？

一旦思想开放，一切就水到渠成。

黑色光丝之所以是黑色的，不过是受脑中黑色光团影响，当他不去想黑色光团，而是在脑中强制要求光丝变成透明无色无反光的无影丝，从他手掌中再次冒出的就是无影丝了。

如果这玩意不是出自他自己的身体，恐怕连他自己都无法察觉，这无影丝哪怕敌人的能量感知力再强都感受不到，简直是对付敌人的最佳利器。

现在戚少言明白石头为什么会说出那么可怕的预言了。任谁知道自己身边有一个可以随时吸干自己却无法感知也无法抵挡的家伙，都会惶恐不安吧？

而人类对于自己害怕、恐惧的对象，要么远离，要么囚禁，要么杀死，极少有想要克服恐惧心理和平相处的。

想要自保，还想要发展，他必须给自己想一个最适合自己的伪装。而且他还想要隐瞒自己是自然种，最好的方法就是模拟出第二形态。

戚少言想到了之前那个百毒不侵又能融入环境的蜥蜴新考生，又抬头看了看头顶的龟壳堡垒，再参考了今天见到的其他学长的第二形态，以及他母亲的假借种族蜂鸟族，他脑中逐渐浮现出了一个适合他模拟的第二形态的大致形象。

世上什么东西最坚硬？有时候并不是越大越厚，坚固度就越强。根据他曾经看过的一些书籍所述，如果可以小到像灰尘一样，甚至更小，想要摧毁就需要非常手段了。

如果他可以把自己变得比蜂鸟还小，身体外壳却极为坚固且能隐形，再假装自己可以百毒不侵，然后受到攻击时可以吸收他人的攻击能量，却不会主动反击（也就是不主动吸取对方能量），那么在别人眼中，他会不会就是那种自保能力很强，对人们没有威胁，还有很大帮助的人？

戚少言想了很多，时间却没有过去多久。

剩下的考生们正在打配合轮番攻击那只三转异兽。别看三转异兽只有一只，可击杀难度却是刚才那群血毒兽的两倍。

二转虚化实高阶和三转实符期一级，哪怕中间只差一级，也有本质的差别！

看考生们还能支持，少年手中的无影丝快速延伸出去，扎入二十八号学长的龟壳中，他需要把这位学长的符纹给弄清楚。

他不是现在就要变出坚硬外壳，只是先收集相应的符纹。

在戚少言强制无影丝不吸收能量的情况下，二十八号丝毫没有察觉自己的身体已经被他人侵入。

有人受伤，退回龟壳堡垒。

戚少言作为治疗者和草药师，开始自己的"本职"工作。

受伤的考生开始增多，最主要的是大家能量消耗太大，不得不退回来补充能量。

戚少言收回探索二十八号符纹结构的无影丝，贴着地面对着冲过来的三转异兽刺了过去。

"不要让它接近后方！拦住它！"大姐头喝令。她的控制能力对三转异兽几乎没辙，她只能控制比自己至少低一个等级的敌人，对方智商还不能太高。

三转异兽完全没有察觉几根无影丝贴近了它的四个脚掌。

很快，攻击异兽的考生们就察觉到了异样。

大姐头精神一振："它支撑不住了，大家扯起风筝，尽量消耗它的能量。"

"它如果自爆怎么办？"

"那就在它准备自爆前干掉它！"

戚少言收集异兽能量后，直接用于治疗，赢来考生们的惊叹。

"奇怪，被你治疗后，我感觉连能量都恢复了。"十九号跳起来惊讶道。

戚少言默默掏出一枚符纹壳。

"啊，你用了符纹结晶。抱歉，今天让你损失严重，后面我们会尽量补偿你。"

要的就是你这句话！

听说三十七号草药师不但能治疗还能快速补充能量，有些考生没受伤也抽空退回来，到戚少言这里补充能量。

"哇，你补充能量的速度好快，而且我感觉能量特别纯，几乎没有杂质。以前吸收能量币什么的，总感觉有杂质，每次战斗完都不得不花几天时间排除杂质。"胖青年眼睛发亮，"以后你跟着我吧，胖爷罩你。"

戚少言笑笑，胖青年这句话也不知跟多少人说过了，而且以后还不知道谁罩谁呢。

大姐头见戚少言补充能量又快又好，索性道："大家把能量币和符纹结晶全部集中到三十七号那里。"

胖青年还不知足，带着期冀道："如果你能在我们战斗的同时给我们补充能量就好了。"

懒洋洋青年突然现身打了他一巴掌："别妄想了。能快速补充能量还不用自己排除杂质已经够好了！"

胖青年翻了个白眼，把吹管含在嘴里，对着三转异兽猛地一吹。

"呼！"长长的青白色火焰直扑异兽。

胖青年吓了一跳，他的火焰温度好像又升高了一些，而且吹出的距离也变长了。

难道他在战斗中突破了，不，他很清楚，他并没有突破。那么他喷出的火焰为什么会有良性变化？

能量，一定与能量有关！胖青年很快就想到了原因。

这就像差的煤炭燃烧的火，其效果也差还带有黑烟。而好的煤炭不但耐烧，燃烧效果也更好，更不会有黑烟一样。

他们这些符纹能力者使用能量也是如此，能量的纯度，自然会影响他们能力的表现。

想通了的胖青年看向坐在龟壳中活的充能宝三十七号，感叹：这是绝世大宝贝啊！

如果在势均力敌的情况下，有一方的能量供应源源不断，伤员也能快速痊愈，再次上场，另一方却连休息的机会都没有，那么结局还用说吗？

监视室内的教师们改变了坐姿，谈话内容也不再是杂七杂八，而是集中在正在考核的考生身上。

"今年终于有些不一样了。"

"啊，来了一个超级后勤。"

"我早就说过，无论任何战争，后勤决定胜负。"

"是啊，目前留下的算是最佳配置了，以前后勤只有龟壳堡垒防守和符纹武器制作，如今再来一个懂草药会治疗还能快速补充他人能量的超级奶妈，这支队伍基本已经立于不败之地，磨也能磨死敌人。"一名瘦小老头愉快地说。

"攻击方面也不能太弱。"

"本来就不弱。"

"那这个测试还有继续下去的意义吗？"

瘦小老头加重语气道："测试当然要继续下去！否则让这些老生都毕业了，超级后勤和最佳攻击手不是又缺人了吗？今年我们冥想学院总算有希望去争夺一下失忆岛名额了。而且，最重要的是他们根本没有悟出自我突破的关键是什么，就这么让他们毕业，冥想学院的面子往哪里放？"

"你们冥想学院就是变态，明明两百年来前人和诸位大能已经研究出一条系统的升级之路，可你们还是不满足，非要从修炼上解决非自然种的基因问题，更想要找到突破到三转四级这个坎的捷径，就凭这帮学生吗？学生不是你们的实验体，研究也要有个度。"一名俊帅青年冷冷开口。

瘦小老头怪声怪气地回："哟，良知出现了。没有足量的研究哪来的成果？何况我们的研究都建立在学生自愿的基础上，没有伤害他们的肉体和精神，更没有损害他们的符纹能量体系，只不过没让他们毕业而已，请问碍着你们战斗学院什么事了？"

一老一少两位教师说着说着就吵了起来。

其他教师全没当一回事，众所周知，第一军校冥想学院和战斗学院的教师中奇葩最多，而奇葩之最就要数这一老一少了。

老者其实没有那么老，青年也没有那么年轻。只不过老者突破太迟，青年突破较早，一个失去了青春，一个保留了青春。老者看青年不顺眼，青年觉得老者就是无能的代表，两人只要凑到一起那就是针尖对麦芒。

一位较为年轻的老师弱弱地发声："如果测试强度继续增加下去，老生们不能毕业，新考生也过不了关啊。"

正在吵架的瘦小老头身体一僵。

一名长相秀美的女教师皱眉道："今年是谁提议把毕业考和入学考放到一起的，简直胡闹。"

身体刚刚放松的老头又是一僵。

年轻老师不小心又插了一刀："所以要么让老生毕业，要么让新考生入不了学，结果还是凑不成最强队伍，对吗？"

被插了好几刀的老头一句话也说不出来。

第十二章　入学考试十二

众考生在超级奶妈三十七号的帮助下，愣是挺到了清晨七点。

期间，大家受伤和退回补充能量的频率越来越高，间隔时间越来越短，戚少言偷偷吸收能量并补充能量的熟练度也在不断提高。

上一轮群兽攻击时，大家坚持不住，全部退入龟壳堡垒死守，打算把这群异兽一只只磨死。

二十八号干脆让戚少言一只手一直贴在他身上，不断给他输送能量。

就在大家以为三十七号已经腾不出手时，谁想这位竟然用另一只手给其他攻击手也补充起能量来。

后来这轮攻击结束，大家才看到三十七号不知何时脱掉了鞋子，赤脚踩在几枚已经被吸干的符纹壳上。

众考生纷纷对他竖起大拇指："你牛！"

大姐头不动声色地离开戚少言三步。

戚少言故作羞涩地笑，心中则暗暗地想：幸亏我的脚不臭，不过这几枚符纹壳看着怎么就那么不想捡起来呢？

二十八号郑重其事地向他声明道："不管后面的情况有多糟糕，你绝对绝对不能把你的脚丫子直接踩在我身上，懂吗？"

戚少言决定等会儿就制造险境，让二十八号主动来扑他的脚丫子。

"还有一个小时，按照我对我们冥想学院那些老中青变态老师的了解，他们一定会在最后的一个小时或者最后的十分钟成倍地加大难度。所以大家千万不要掉以轻心，还没充能的赶紧到三十七号面前排队。"二号提醒。

闻言，戚少言同学非常慷慨大方地抬起了自己的一只脚，表示他愿意全力以赴地帮助大家充能。

"你这小子！揍你啊！喂，还没问你的名字，你叫什么？"二号笑道。

戚少言也跟着笑呵呵道："我叫戚……"

戚少言不见了！

教室的墙壁中突然伸出一只大手，一把抓住戚少言。

手收回，戚少言也跟着消失。

同时，一道让老考生听了就想打人的熟悉的老头的嗓音响起："咳咳！考试怎么可以作弊呢？真是一帮不乖的小坏蛋。这个帮你们作弊的坏孩子，我带回去好好教训。你们，剩下的一个小时好好考，别想着走捷径。"

剩下的老考生几乎不约而同地对着教室上空投去了愤怒的眼神。

唯一被留下的新考生三十六号无语。

当没有了超级奶妈和无敌充能宝，敌人的数量和等级又无耻地往上跳了一级，剩下的考生在五分钟内全部"阵亡"——他们用最后的力气，一个跟一个，冲出了教室后门。

戚少言被大手抓出去时下意识就想反抗，还好老头很快发出了声音，让他及时从那只巨大的手掌里抽出了无影丝。

随后他被扔到了一个好小好黑的屋子里。

戚少言叫了几声，可半天都没有人来。他想打开房门，可怎么都打不开。

最后……少年往地上一躺，闭上眼瞬间见周公去了。

他早就困得不行，刚才在那个大教室里完全是凭一股劲在强撑，困意是你补充多少能量都压不下去的。

如今精神松懈，直觉周围没有任何危险，精气神一松，那还不马上入睡？正好他今天也没有考试。

一觉醒来，小黑屋的门打开了一条缝，从外面透进了一丝光亮。

戚少言走出小黑屋，看到了一个大约二十平方的办公室，办公室内只有一个年轻的工作人员在伏案忙碌，没有其他人。

戚少言抬头看向对面墙壁，墙壁上挂着一个有指针的符纹钟，五点半，这肯定不是早上，那就是傍晚了，他这一觉睡了差不多有十个小时。

"醒了？这个你拿去，十号来报到，不要迟到。"伏案工作的青年抬起头，从桌子上抓起一张厚叶纸，再次确认内容后递给少年。

戚少言转头，带着几分不确定走过去接过厚叶纸。

厚叶纸上用漂亮且端正的字体清清楚楚印着"入学许可证书"六个字。

姓名栏用手写体填写了他的名字，所入学院则清清楚楚地写着"冥想学院"。

"我应该没有合格吧？我好像没有坚持到八点。"戚少言疑惑地问。

青年对他温和地笑："不，你合格了，冥想学院所有任课老师一致同意让你入学。如果你担心考核没有合格，那么你可以当作这是破格录取。"

"破格录取？"这四个字怎么这么美妙呢？就算戚少言平时特别淡定，这时也忍不住有点飘飘然。

"是的，你很优秀。我和学院都非常期待你今后的表现，对了，我叫白云，是冥想学院的助理教师，你可以叫我白哥，也可以叫我白老师。"

"白老师好。白老师，我想请教您一个问题，请问冥想学院有一位平心大师吗？"

白云目光一闪,微微诧异地看向少年:"你竟然知道平心大师?"

"那么就是有这个人了?"戚少言高兴起来。

"对,是有这个人。怎么,谁跟你提过那位大师?"白云眼睛眯起来。

戚少言笑呵呵地点头:"我在来的路上,坐在飞马车行的车子里时,听附近几个乘客提到平心大师的名字,他们还说如果能进第一军校的冥想学院,那么最好能拜平心大师为师,那位平心大师很厉害,可惜他们后来说话声音变低,我没听清楚。"

"是这样吗?那你还记得那几个人长什么样吗?"白云笑眯眯地问。

戚少言一脸"单纯"地问:"白老师,平心大师有什么特殊的地方吗?为什么你看起来好像非常惊讶外面有人提到他?"

"呵呵,没什么。不过是平心大师年纪比较大了,也很久没有在外面活动,所以我很好奇现在还有谁会提起他。"白云边说边整理桌上的文件。

戚少言立刻意会:"谢谢白老师指点,那么……我先走了。"

白云笑出声来:"再见,同学!我听到你肚子叫了,可惜现在食堂不对外开放,否则我可以请你吃一顿。等以后你入学,我再请你吧。"

"谢谢白老师。白老师再见!"戚少言抓着入学许可证麻溜地滚了。

他回到客栈,江春、江冬两兄弟立刻来敲门,两人很担心他,问他昨天晚上和今天一天去了哪里。

戚少言一边啃肉饼一边把他在冥想学院的经历简单描述了一番。

江春、江冬听得眼睛圆睁,尤其在听到最后一项考核内容时,两人都发出了惊呼。

"这么难?不愧是最难考入的学院。那有多少人通过啊?你呢?你有没有通过?"江春迅速问。

戚少言得意扬扬地亮出一张厚叶纸,一字一顿着重说明:"破格录取。老师说我特别优秀,所有冥想学院老师一致同意让我入学。"

"哇哦！少言，你真的太牛了！"两兄弟做佩服状。

戚少言也问了两人的考核结果，貌似都不错，只不过他们能否入学都没有当场通知，要等到五号以后凭身份牌去查。

提前得到入学许可证的戚少言又被两兄弟好生羡慕了一番。

戚少言非常想把这个好消息跟亲人和最好的兄弟分享，可他们都不在，这让他有些失落。

当晚，戚少言躺在床上想了很久明天要不要去自然大学参加入学考试——按照学院排名，自然大学排在第四，但排第三的符纹学院属于第一军校，所以自然大学就提前一天在九月三日开始考试。

最后，最终因为舍不得已经交了的能量币，他决定还是去见识见识。

第十三章　草药师学院的考试

自然大学的草药师学院和其他大学的草药师学院一样，都只收有基础的学生，最起码也是中级学徒，初级学徒虽然没有完全被拒之门外，但真的要天赋极好才行。

那么没有基础又想要学习草药学的人怎么办？

通常来说，各人类聚居地都会有草药师教导本地小孩一些基本常识，然后收一些有天赋或者喜欢草药学的孩子当学徒。

如果找不到草药师收徒，那就去一些大城市找学童院。

学童院也被人戏称为大学学前培训班，在这里你同样可以学到各种知识，不过是以基础知识为主，想要学到更深奥的还得拜师或者上大学。

学童院有综合性的，也有只教单学科的。有的是城主主办，有的是各族或者各组织自办。

而报考大学的考生有一半都来自于这些学童院。

这些学童院出来的学生有一个其他考生没有的优点，那就是他们的知识面比较宽广，同时对于各种考试非常适应，而且许多有能力的都已经在学童院安排下考取了一定资格。

戚少言听着前方聚集的一堆考生指点江山，看他们一个个都像是胸有成竹，问了旁边的考生才知道那些人是兽城草药师协会开的学童院培养出来的草药师学徒。

"既然草药师协会可以培养学徒，那么为什么不把他们留下来，一直把他们培养成草药师？"戚少言好奇地问。

谁知听他这一问，周围竟忽然一静。

前方说话的一群考生也转过头来，目光不善地看向他。

戚少言莫名其妙：我说错什么了？

旁边的考生同情地道："兄弟，你是乡下来的吧？你在自然大学校门口问这个问题很容易被人揍。"

戚少言靠近对方，悄悄道："求指点！"

那考生见周围的人不再注意他们，这才压低声音对戚少言解释道："草药师协会自然不会做蠢事，能成为草药师的好苗子他们自然都想方设法留下来了，这些来考试的大多是不被重视的普通学生，这些学生虽说可能也有天赋，但是大多会流于平凡。草药师协会与其留着这些人继续浪费资源，还不如放出来让他们自力更生。草药师协会也能有更多师资力量去教导更值得教导的学生。"

"原来如此。"戚少言明白了，怪不得这些考生会对他刚才的问题反感，敢情都是被人挑剩下来的。

老话常说，自卑心有多重，自尊心就有多强。他后面说话得小心了，免得再伤到人家自尊心。

当然戚少言并不会看不起这些考生，相反，他听说这些人出自草药师协会的学童院，还十分羡慕。学童院可是系统教学，还有多位老师轮番指点，而他的草药学就真的是一大半靠自学了。

如果他不是有黑色光丝，这些学童院出来的学生能甩他几十条街。

如果他将来打算要在草药学方面发展，那么就很有必要系统地学习草药学。

大概是戚少言神色平和，表情和眼神中并没有流露出对这些学生的轻视，相反目光中还透出几丝钦羡，那些学童院出来的学生也就大度地放过了戚少言。

考草药师学院的学生很多,远远超过考冥想学院的,数量上差不多和符纹学院的考生持平。

如今草药学和符纹学也确实是最热门最受欢迎的两门学科。

戚少言决定在这次考试中试试自己真正的实力,也就是不使用由黑色光丝进化而成的无影丝,也尽量不使用自己的感知能力,只凭所学的知识去考。

他想看看,在没有辅助的情况下,他的实力到底如何。

很快事实就告诉他,没有无影丝和感知能力的辅助,他和学童院出来的考生比起来就只能用一个"渣"字形容!

虽说这些考生数量只占到报考草药师学院全体新考生的五分之一,但因为基数庞大,人数也就不显少了。

第一个考题:请尽可能多地写出有如下功效的药物的名称,每写对一个加一分,写错一个扣一分。

戚少言按照记忆,写了四种草药名。其实他知道更多有此种功效的草药,但这些草药他或者不知道名字,只是偶然间发现的,或者名字和大灾变前一样,但现在已经变成其他叫法,戚少言在没有把握怕扣分的情况下,就很保守地只写了四个肯定正确的答案。

这一题,答得比他差的考生不是没有,还不少,但得到五分以上的考生有接近六十人——为了表示考试公平和透明化,考卷由十名中级草药师当场打分,再由另外十名中级草药师重新审核一遍。

确定无误后,得到五分以上的学生就坐到了考场最前面,然后大家按照名次重新排位。

戚少言被排到了并列第五十七位。自然大学草药师学院的报名人数一共有近三百。

还好草药师学院采取的考试方式不是单轮淘汰制。

所有考生，包括戚少言在内都顺利进入了第二关。

第二个考题：请根据病人的伤口症状，确定他中的是什么毒，并给出解药药方，若能说出毒素成分有额外加分。可以简单询问病人，但不准重复询问，前面考生问过的问题不能再问。

有人举手提问：能不能指触、嗅闻和口尝？

监考老师回答：可以嗅闻，但直接接触和口尝都不可以。至于理由则是为大家安全考虑，避免因为中毒而错过后面的考试。

这一题看似简单，连范围都圈定了，病患肯定是中毒，但是只凭伤口症状就想确定是什么毒，那就得对这个毒非常了解，或者考生本身经验十分丰富，听过看过。

戚少言排队上前去观察病患的伤口，伤口在手臂上，有很明显的肿胀，肿胀部位青中带黑，中间有个小刀划出的口子，伤口处的流血似乎没有止住。

嗅一嗅，似乎有一股腥臭味。

合格的岐黄流派传人除了看伤口，他们更擅长于从病人的整体状况来分析、推断其病情。

被段神医教导了一段时间的戚少言自然不会放过观察病患整体情况的机会。

病人神情疲累，但脸上带着一丝异样的红晕，不知是毒性造成还是激动所致。

其他部分肌体尚没有变色，病人的表情也不是特别痛苦。

他前面的考生询问病人的问题，有伤口是否感到痛楚、呼吸是否困难、站立时是否头晕、中毒时间多长等，根据病人的回答内容，戚少言逐渐缩小了范围。

他能确定这确实是中毒，但到底是什么毒，在不开启感知能力的情况下，他只能靠经验来推测，而没有无影丝，他更是无法分析毒素的成分。

最后他只能凭借自己不多的解毒经验和从书本上看来的知识，很笼统地回答这是蛇毒。而不同的蛇毒，解毒需要的草药和方法也不太一样。戚少言最后只能按照自己的推断，写出了解毒药方。

看看蛇毒两个字太简单，他又在后面补充说明：这是血液循环毒素，需要快速治疗，最好能在中毒后阻止血液流通，并及时放出毒血，并给予对应的解毒药草。

最后，少年在叶纸上写上药方。

考核结果揭晓，戚少言仍旧处在中游，综合前面的成绩，他的位置被换到了第一百零五位。

第十四章　附加题

第三题再次回归到草药学上，让学生在十组草药中，找出和所标草药名不相符的那一个。

既然能被挑选出来放到一起，每一组草药看起来自然十分相似，这种题目哪怕是有经验的草药师都容易答错，更何况这些考生大多只是学徒。

戚少言看到这十组草药也蒙了，在不使用外挂帮助分析药性的情况下，这可真的完全得凭经验了，而且就算有外挂，有些草药的名字他根本没听说过，也就是说只凭草药名来认草药，正好是他的弱点。

但对学童院出来的学徒来说，这种认草药、背草药名属于基本知识，学校老师也很喜欢这么考他们，感谢那些老师，看到这十组相似的草药，他们不至于一组都找不出来。

戚少言第三题的考核成绩最差。他的总成绩一下掉到了两百名开外，正好是第二百零一位。

监考老师出面，对考生们宣布："这次考试我们将根据诸位的成绩取总分前一百名。"

考生们一阵喧哗，这相当于三人中要淘汰两人，不过自然大学的草药师学院一向难考，倒也不出大家意料，大家喧哗只是失望而已。

监考老师等学生们安静下来后，笑道："我下面要宣布的事情，可能有些老考生已经知道，那就是我们自然大学为了挑选出有天赋的学生，不愿意只拘泥于基础考试，为此，我们特别准备了两道附加题。附加题答对加分，答错不减分。这是某些考生的最后机会，希望你们能在之后两道附加题的解答中表现优异，得到高分，从而挤进总分前一百名范围。大家都听懂了吗？那么现在附加题考试开始！"

戚少言看看周围，见不少人摩拳擦掌而且毫不惊讶，显然草药师学院考附加题已经是传统，很多人都知道。

通过刚才三道基础题，戚少言差不多已经摸清楚自己和普通草药师学徒的差距在哪里，剩下的两道附加题他就不打算再禁用能力——考得太差，以后跟石头他们提起来会很没面子啊。

一名脸上被鳞片覆盖的老师走到台上，伸手往药盘中一晃，药盘中便出现了一些水灵灵的植物。

这名老师用尖尖的手指指着植物说道："这是我在一个湖泊中发现的植物，之前从没有记录。现在你们每人可以领取一株，在不破坏其根茎和生命力的情况下分析其药性，如果能给出和其他草药搭配的药方更好。"

这个题目对于草药师学徒已经不是很难，而是为难。分析药性本来就不容易，更何况还要给出可用的配方。往往一种新药草出现，得到它的草药师就会花大量时间去研究和验证，有些甚至会研究一辈子。

考生们也没气馁，附加题嘛，不难怎么叫附加题？看看周围，好像大家都不会，那就太好啦。

戚少言拿到植物，和其他人一样先看后触再品尝，同时把无影丝探入植物内部并展开自己的感知能力。

力量温和——怪不得敢拿来给学生考试用，就算有人吃进嘴里也不会有太大问题。

有微毒，叶片的汁液有麻痹作用。有意思的是根就是解药，根味道极苦，但吃进嘴里特别提神醒脑，如果直接吸收到体内……

嘶！戚少言倒抽一口凉气，浑身都抖了一下。

这已经不只提神醒脑，他感觉自己的精神力都似乎增加了一些。

这是一种能提神，更能增加精神力的草药，这位发现它的老师运气极好啊！

戚少言十分羡慕。发现有用的新草药需要运气，属于天上掉馅饼的事情，绝对是只有少数幸运儿才能碰到的。

不过这种草药的提神作用就像是只能加速却无法刹车，很不安全，当冲破某个临界点后，无法控制的结果就是精神力崩溃。

但这对戚少言而言并不是什么难事，他的身体细胞中储藏了太多药物成分，根据他以前分析的结果，他把其中某种药物作为稳定剂，加入从新草药根茎中提炼的成分中，再配合其他药物成分，逐渐就形成了一种稳定且可以少量提升精神力，还不破坏人体潜力没有任何危害的精神力提升药剂。

必要时这种药剂也可以在精神力困乏时作为提神剂使用。

数十次在身体中直接调配，并用自己的身体进行感受，戚少言根据试验结果总结出了一个安全药方。比较麻烦的是，有些草药，他采过也认识，但并不知道它的学名，要想写出完整药方就要画出那种草药，但画容易失真。

戚少言想了想，决定用药性说明来代替草药名。这样做，可能需要一定试验才能确定每种草药最终放入的次序和分量，但在已经确定药性的情况下，找出成熟药方也是迟早的事。

脸有鳞片的老师一拍手掌："同学们，还有最后十分钟，已经有结论的最好现在就把答案写到答案叶纸上，免得来不及。十分钟后准时收卷！"

戚少言拿过叶纸，把自己分析出来的情况一五一十写上去。在他看来，学院老师既然拿这个新发现的草药出题，那出题老师自己肯定知道答案，所以他也没必要做任何隐瞒。

而对考试不了解、也没多少社会经验的少年根本不知道，附加题并不一定就有标准答案，有的老师拿出他们也不确定的东西作为试题，只是为了集思广益，得到一定的启发而已。

这位脸上有鳞片的草药师也是如此，他分析这种药草时遇到了瓶颈，他发现了叶片汁液具有麻痹作用，就想把这种药草往无害麻醉剂方向利用。但这种草药的麻痹效果并不强大，也不能持久，如果加大浓度，麻痹效果会加强，却无法延长麻痹时间，同时加大浓度会产生不好的后果——对神经系统有一定破坏作用。

至于该药草的根部，味道极苦，做实验用的动物每次服用后都会极端兴奋，药效过后则疲惫不堪，有些甚至会猝死，导致这位草药师怀疑该药草对精神力有极大伤害作用，一时也不敢下手继续研究。

当然这也牵涉到研究经费的问题，该草药师凭借这种新发现的植物向草药师协会申请了一笔资金，承诺会在五年内给出有效利用方法，在这期间还需每年向协会递交一份研究论文。

今年就是最后一年，不，已经没有一年了。眼看和协会约定的时间就要到了，而如果超过五年，他就不再拥有这种新植物的第一研究权，别人研究出什么成果，也与他无关。

这让这位在这种植物上耗费整整四年半时间的草药师怎么甘心？

答卷收集上来后，这位草药师翻看速度极快，他研究了四年半，只要稍微扫一遍就知道考生是在胡说凑字数，还是真有所发现。

近三百份卷子，他看的速度再快，评出分来也要一段时间，学院并没有浪费这段时间，又有一名草药师走上高台。

而这位草药师一出现，台下就出现了一阵骚动。

"哇哦，看他的胸章，高级草药师出现了！"戚少言身边的考生发出惊叹。

"你认识他？"戚少言问。

那考生很干脆地说："不认识！"

旁边传来笑声，一个胖胖的男生回过头："那是草药师学院的院长大人啦，也是草药师协会的副会长。"

众人顿时一脸景仰之情。

胖胖的院长大人上去后先对大家笑了笑，让戚少言心中对他生出不少好感。

院长大人顶着两个圆溜溜的熊耳朵，笑眯眯地说："我知道我很胖，不是我懒惰，也不是我不勤于锻炼，而是我的种族血脉决定了我的体形，我是熊猫族。大灾变前，据说我们熊猫一族可是华夏国宝。"

戚少言乐了，用力鼓掌。

其他人听了，也跟着啪啪啪地鼓起掌来。

虽然大家都不知道为什么要鼓掌，但都觉得这样很好玩。

院长大人的目光扫向第一个鼓掌的戚少言，特别好脾气地抬起手："谢谢，谢谢诸位同学！我很高兴大家能来我们学院参加考试，虽然由于师资力量不足、学校小、分得的资源也少，我们无法把所有渴望学习草药的学生收下，但今天大家能聚在一起就是缘分。"

"噢噢噢！"大家再次鼓掌。

旁观的某些人心想：这狡猾又无耻的胖子，竟然趁机诉苦。他们资源少？恐怕除了第一军校，就他们自然大学的草药师学院资源最好吧！

院长大人等大家掌声停歇，这才继续说道："而今年是最为特殊的一年，因为今年的最后一道附加题非常特殊，如果谁能给出解决方法，本人在此做出承诺，将以全学院的所有资源大力培养该生，并且本人也会收他为亲传弟子。除此之外，军部也将给出最低一万能量币、最高一千万能量币的巨额奖励。并且该生毕业后，六星军愿意让其免试进入军部，军衔最低是少尉。"

"嚯——！"台下的惊叹声形成了波涛。

"我要晕了！"戚少言旁边的考生捂着额头呻吟。

"我已经晕死过去了！"另一个考生咕咚趴在桌子上。

胖胖的考生双手抱拳，满眼星星道："天哪，让我成为院长的弟子吧，其他奖励我都可以不要！"

"闭嘴！你不要给我！我全都要！"

考生们乱了起来。

如此大的奖励，哪怕只有一个也会形成轰动，更何况这次是四个巨大奖励！

"喂，大家都冷静点，这么可怕的奖励，你们就没有想过会是什么样的难题吗？"有冷静的考生提醒众人。

戚少言旁边那名考生哼唧："肯定是草药师协会、军部和科学院都无法解决的世纪大难题，我只要见识一下就可以了。"

众考生纷纷称是，没有人有紧张感，因为大家都知道肯定完不成，就当长见识了。

抱着这种心情，众考生心态轻松得不得了。

但不可否认，在场绝大多数考生也在心中暗暗地想，说不定这个难题我碰巧就能解决呢？如果真能被我解决掉，那真是功名利禄瞬间拥有，后半生都不用奋斗了！

戚少言也十分好奇，能给出如此巨奖的附加题会是什么样的难题呢？

第十五章 高调征询

一队二十四人的六星军人出现，这些年轻军人的表情都十分严肃。

也许是受到这些军人气质的感染，原本哄闹开心的考生们全都安静了下来。

除了批改考卷的某老师，所有人都看着那队六星军抬着一个像是救生舱的箱子走上升旗台。

这些军人抬着箱子，动作整齐划一，一摆手、一抬腿，所有动作都像是用尺子量过，台下的人都不能否认这种整齐划一不但不僵硬，反而非常漂亮和有气势。

"唰！"停止，转身。

"啪！"立定，慢慢放下箱子。

放下箱子后，二十四名六星军人并没有离开，而是围在箱子后面，面向众考生。

没有一个考生敢随便开玩笑，全都等着台上的院长大人公布考题。

所有人都猜到那个像救生舱一样的箱子里很可能放了一个人，而且十有八九是个病人，且病情十分严重。

而院长大人接下来说的话也证实了大家的猜想。

"大家都看到了，这是科学院最新研制出来的半冷冻疗养舱，顾名思义，它的作用就是把病患半冷冻，尽量延缓病患的伤势或病情的发展，这期间提供足够的营养液维持生命，直到找到能真正治疗病患的有效手段。

"现在这里面躺着的是一位可敬的六星军军人，他在执行某个军部任务时被变异黑雾侵袭。众所周知，目前还没有哪个研究部门或个人研究出治疗黑雾之毒的有效方法。这个附加难题我知道很为难大家。"

院长大人叹息，忽然又精神一振，目光扫视着众考生道："但是我们得到确切消息，并有不下五名证人证明，目前已经有人能治疗黑雾之毒感染！而这些被救治的人虽然没有看到救治者，但是已经提供了治疗者的大致形象和特征。而我们综合所有线索推测，怀疑这位治疗者很可能是一名少年，且正在参加兽城的大学入学考试！"

台下一片哗然。

"我前面隐约听到过这件事，还以为是假的。"

"你也听到了吗？我当时也以为是谣言。少年，入学考生，结果治好了绝症什么的，感觉就像是我们幻想人生的标配啊！"

"就是，我也以为是哪个脑残随口编出来的，没想到是真的！"

"求少年大师出面！"

"求收徒！"

不只是考生，包括来这里观看的老师、草药师等人，都是第一次确切地听到这个消息。

有人竟然能治疗黑雾之毒感染，而且成功例子不下五例，令人震惊！

这位治疗者竟然只是一个未成年人，震惊N倍！

也许是太过震惊，哗然过后大家又变得一片安静，很多人都在转头四看，好像那个治疗者就坐在自己旁边一样。

戚少言此时的内心活动是：……被发现了！完了！要完了！感觉他之后的人生发展可能就是两个极端，要么走上人生最高峰，要么就是被关小黑屋。

想到自己有可能被关小黑屋，被这样那样拷问，结果发现他的能力无法传给他人后，一堆可怕的科学家和变态草药师就开始对他做各种各样惨无人道的测试和研究……

如果未来发展真是这样，那么就不怪自己将来变成大魔王了！

参加冥想学院变态考试而错过一些传闻，以至于没有任何心理准备就直面现场的戚少言同学的思想开始暴走，他脑子中已经迅速转出好几个引起混乱后要么偷溜、要么藏进空间的方案。

台上，院长大人看清众人表情，抬了抬手掌，做了一个下压的动作："诸位，我们说出这件事，实在是情况太过急迫，而曾经答应给我们明确消息的两个佣兵队也被某个组织控制起来。

"本来我们是想私下找人，争取说动对方帮助六星军治疗那些被感染的军人。可是这些可敬的军人就要坚持不了了，他们会被感染也是为了执行科学院的任务，而科学院发出的这个任务又是为了整个人类。

"为此，我们不得不向参加兽城四所大学草药师学院考试的考生出了同样的附加考题，只求那位治疗者能看到并知晓这件事！我们四所大学、科学院、六星军、兽城，将共同做出保证，绝不会抢夺、强占、窃取那位治疗者的治疗手段和药方，更不会伤害他本人，相反，只要他愿意伸出援手，之前我们说出的承诺都将按照最高额度兑现，同时我们也将共同保护他的安全！"

说到这里，院长大人用非常诚恳的表情和语气说道："前面第一军校和诺斯德大学的草药师学院入学考试都没能找到那位治疗者，也许对方医术高超、草药学知识丰富，已经不需要到草药师学院学习，也许他有其他顾忌，比如怕受到迫害。虽然不管我们怎么承诺，对方都不一定会相信我们的诚心，但只要还有一分希望，我们都不想放弃。

"那位小治疗师，如果你在现场，又不想公开身份，如果你有什么愿望，都可以暗中告诉我们，我们一定会尽力帮你实现。等下我们会给在座每一位考生发答案叶纸，你们在上面写什么都行。"

其他考生心想：如果我们能治疗黑雾之毒感染，还来参加这个考试！所以同理推断，那么牛的少年大师也不可能存在他们中间。

其实院长大人他们也知道这个理，而且他们还猜测对方考其他学院的可能性要比考草药师学院的可能性大得多。可是除了草药师学院和医疗学院，其他各学院都不适合出这样的附加题，总不能每个学院的入学考试开始前都进行一番解释吧？

可是这样干巴巴的解释和寻找能打动谁？

治疗黑雾之毒感染不是小事，且不说那个少年的能力如何，光是其中利益牵扯就非常大。

有草药师用不赞成的目光看向院长，还有人直接给他传音，说这件事就不应该公开，因为公开后，一来会让其他组织知道，二来也会吓到那位少年。私下寻找说不定还更有效率。

院长心里苦啊，这样宝贵的消息他当然不愿拿出来和他人分享。但问题是那两支佣兵队中的一支太贪心，把同样的消息不知卖给了多少人，就在对方准备透露更多时，这支佣兵队连同另一支什么都不肯说的佣兵队一起被飞马车行控制起来了。

如今六星军正在和飞马车行打口水官司，而飞马车行的第二重要人物厨师长大人为什么会答应前来第一军校草药师学院当老师，就跟这件事有关，而且从厨师长大人隐隐透出的口风来看，那个少年治疗者很可能与厨师长大人有很深的渊源。

戚少言低头，他怕自己的目光会暴露太多，但不一会儿，他又抬起头来，在大家都很兴奋的状况下，就他一个人低着头，有点此地无银三百两。

戚少言用手半遮住眼睛。他是想救人，但很不喜欢被人用道义逼迫。按照这位院长的说法，似乎他不出来就是无视人类发展、无视军人的付出，就是冷漠自私、没心没肺的坏人一样。

少年是喜欢出风头，但这样的风头太大了，他怕被吹得太高活活摔死，而且这样站出去真的好需要勇气啊！

可是那些军人也不能不救，那……有没有什么两全其美的方法？

戚少言抱头，跟着其他考生一起起哄，让那个少年大师赶紧站出来服务全人类。

院长大人看着下方乱哄哄的考生，暗中看向观察席位上的某人。那名穿着军装的男子对院长摇了摇头。

院长已经把前面三轮考试成绩最高的二十人筛选出来，并重点留意，但看军装男给他的回应，恐怕调查结果并不理想。当然这只是初步调查，他们还会深挖。

"好了，诸位同学，请大家集中注意力，从现在开始请大家在答案叶纸上写出你们各自对黑雾之毒感染的治疗方法，如果方法不好写，你可以只注明一下你有几成把握，我们会根据你的答卷内容找你谈话。"

原本一直把注意力集中在批改考卷上，直到听到有人能治疗黑雾之毒感染才抬起头来的那位脸有鳞片的草药师，如今见院长大人把特殊事情说完了，又低头批改起考卷来。

看到考卷一角上的考号"二百零一"，该草药师才反应过来，他已经看了两百份卷子。

可惜这两百份卷子虽然有人分析出了那株新草药汁液的麻醉效果，甚至还有人在品尝新草药根茎部位，发现精神力有异动后，又吐了出来……但这些发现都是他已经知道的，对他没有任何启发。

但作为老师，这位草药师仍旧尽职尽责地把答案或擦边或正确的答卷放到一旁，这些都是可以给附加分的。

现在，这位草药师拿起了第二百零一号考生的答案叶纸。

第十六章　反利用

戚少言拿着笔犹豫不决，正要写下第一个字时忽又停住。

刚才院长大人提到的"我们"包括了谁？如果他没记错，似乎院长大人只提到了四所大学、六星军、科学院和兽城，那么其他组织呢？比如草药师协会，他们的态度如何？

院长是草药师协会的副会长，可他所说的"我们"并不包含该协会，为什么？

不为什么，只会为利益。

戚少言终于明白了，为什么院长会在公开场合公开寻找他，这是另类的逼迫，院长是在告诉他，除了他们，还有其他人和组织在找他，而且比起他们的"柔和宽容"，其他人要得更多，而且手段也绝不会让他觉得舒服好过。

他倒没有后悔救出那两支佣兵队，他自己做事不周到被人猜出来也是没法子的事，但自己毕竟救了对方那么多条命，他也不信那些佣兵不懂他不露面的意思，救了人却被出卖，不后悔却难过。

就这样被逼出去，以后靠那几个组织保护而活？这四个组织中，无疑六星军的能量最大，可是六星军，也是六大种族共同构成的军队，他加入六星军就真的安全了吗？

但是……等等！会不会就因为他这么想，缩手缩脚的，反而没有让更多人认识到他的价值，以至于他将来才会成为别人眼中的魔头？

如果他展现了自己能够治疗黑雾之毒感染的能力，那么他也就有可能暴露他能吸取别人能量和生命力这件事，以后大家不会把他当魔头看吗？

嗯，他也明白能吸取别人生命力这点绝不能让人发现，但如果他遇到生命危险昏迷过去，他的身体可不完全受他的意识控制，如果真到了紧急关头，黑色光团才不会管周围有没有人注意，首先肯定是保他这个寄宿体的命。

少年在心中长叹。他这时急需要经验丰富的老前辈帮他分析利弊啊！

可他身边值得信任的老前辈全都属于自由散漫派，苦皮、阿光有那么多孩子要养，还要稳定新地盘；他的便宜师父也经常跑得不见人影，想找他都找不到；狼九哥就更不用说了，这位就是"我心思比你还沉重"的忧郁冷酷青年。

其他他认识的老前辈，有一定交情且知道他能治疗黑雾之毒感染的就是蛙族长老和厨师长。但这两人都属于鞭长莫及型，也没办法给他意见。

戚少言望向升旗台，能救却不救，这必将会成为他一辈子的心病。所以人肯定要救，而且他也想到了方法，就是用他师父段神医给他的隐身药膏，但到底怎么利用，他还得好好想想，有必要的话，他还得去找他师父甚至苦皮他们。

可如果就这样"偷偷"把人救了，又好不爽！

人家都出了那么高的价码，他却为了自保不但要做好事不留名，行医还不收诊疗费，这得多憋屈啊？

戚少言眨眨眼，脸上忽然浮起一个坏坏的笑容。

只见他拿着笔在答题纸上写了两个字：藤雀。

藤雀是他母亲的名字，这个名字不是他已知的任何一种鸟雀和草药的名字，也许有人也叫这个名字，但绝对不多。

他本来还想把他爸的名字写上去，但同姓戚，太容易联想到两人的关系。

只写母亲的名字，如果那些人重视，必然会对每个答案都进行调查——因为他们也不知道到底谁能治好黑雾之毒感染，他正好找不到父母，就让那些大型组织来帮他找。

如果他们能找到，说不定能解除他父母的困境。就算找不到，四个大型组织一起找藤雀，也会让藏起他们的人有所顾忌。

但如果他父母是自己躲起来，这样做很可能会给他们带来很大麻烦。

但是谁知道呢？

在他手头上没有任何线索的情况下，也许把水搅得更浑，说不定就能把那些深藏在水面下的"大家伙"全都逼出来。

对，这招他是跟院长现学的，别人可以逼他，他自然也可以利用别人逼出对他有利的局面。

反正他现在已经骑虎难下，在那两支佣兵队被飞马车行控制的情况下，就算厨师长能看在彼此的情分上为他遮掩一二，但在巨大的利益面前又能坚持多久？且厨师长想帮他遮掩，飞马车行的老大凭什么帮他？

既然如此，那就彻底乱起来吧！

如果他们对"藤雀"两字不屑一顾，对他更没任何损失。

至于以后某些人会不会拿他父母来要挟他，谁知道他那时候是怎样的呢，说不定他那时已经强大到面对谁都不害怕了。

戚少言想清楚后，一脸轻松地把答题纸交了上去。

与此同时，脸有鳞片的草药师兴奋得呼吸频率都变了，他差点站起来对着众考生叫二百零一号，但就在他张开嘴要叫时，他忽然停住了所有动作。

一个能治疗黑雾之毒感染的少年大师，一个在短短的考试时间内就能研究出新草药的药性，并找出可行性配方的考生，这两人之间会不会有什么联系？

脸有鳞片的草药师是个醉心于研究的人，同时也喜欢名利，但他自问从没有害过人。可如果他在这时大声夸赞二百零一号，对二百零一号真的好吗？

如果那个给了他新的可行性研究方向，大大帮助了他的考生就是院长他们正在寻找的少年大师，这位考生会愿意暴露吗？

考虑再三，该草药师保持了沉默，装作整理桌面，把二百零一号的答题纸放到了能得分的那堆答题纸的最下面。

有人来问他，是不是能马上给出附加题分数，该草药师摇摇头，表示自己还没有看完。

第二道附加题答题纸收上去，院长和几名穿着白大褂的人，包括两名军人一起，开始快速翻看近三百份答卷。

答案五花八门，有些看着就是胡乱写的。

全部翻完，几个人又互相交换彼此手中的答卷，最终都露出了失望的神色。

除了空白卷以外，其他填写了内容的，就算写的内容看起来像胡说八道，这些内容也会被归类研究，就算里面没有真正有价值的答案，也可以帮其他研究者开拓思维——很多了不起的发现往往诞生于偶然。

院长大人环视众考生，露出笑容："附加题的分数不会马上出来，不过前面三轮考试，名次在一百名以内的，将全部获得入学资格。之后附加题经过验证，只要综合分数能超过第一百名，该生也能获得入学资格。"

有些考生问如果那时候他已经被其他大学录取怎么办。

院长大人呵呵笑道："如果你真的对草药学有兴趣，我们随时欢迎

你入学。而且我们可以承诺，因为附加题分数而入学的考生，直到毕业为止，所有学费杂费全免！"

众考生这才觉得有点划算，否则已经被其他大学或其他学院录取的学生就要损失至少一学期的学费。

戚少言随着众考生站起，走出自然大学校门，结果一出去就看到了他的便宜师父。

坏了！他忘记一件事了。

他师父可是命令他在草药师学院的考试中一定要考第一的。

不等段神医问他考得怎么样，戚少言就主动扑过去，一脸凄惨地小声说："师父，坏了，我遇到大麻烦了。"

正要问徒弟是不是考了第一，有没有给他和岐黄派长了面子的段神医看看周围："走，回去说。"

看徒弟表情是真慌张，段神医暂时压下了到某些熟人面前炫耀徒弟的念头。

第十七章　段神医的意见

听完徒弟的哭诉，段神医翻了个大白眼，一脸不以为意地说："有好处为什么不占？有什么好羞耻的？你那时候堂堂正正站出去，当着那么多人的面把那个军人治好，你看以后谁敢动你？"

戚少言迟疑："就那点人会不会太少了？又都是小孩子，被威胁一下就都不敢随便乱说了吧？"

段神医斜睨弟子：敢情你不是怕丢脸，而是觉得围观的人还太少是吧？

戚少言看懂了他的眼神，耸肩道："他们在其他两所大学的草药师学院入学考试中都用过这种方法，可事情传出来了吗？很多人听到都以为是谣言，这还是各个学院的院长出面亲口证实有这种事大家才相信。这次我就算勇敢跳出来，说不定根本不用那几个组织威胁在场考生，只要后面传出几个谣言混淆视听，时间久了，到时候他们把我往小黑屋里一关，谁还知道我是真能治疗还是说谎骗人？"

"那你的意思是？"

"我也不知道该怎么做，所以想请教请教您老人家嘛。"戚少言谄媚道。

段神医冷哼："你小子主意多得很，竟然敢把你母亲的名字给写上去。"

戚少言表示："我如果露面，他们迟早会调查我的身世。"

戚少言拣能说的，把他家和大湖村的事稍微说了一下。说来好笑又悲哀，比起一路护送他的狼九哥，他现在竟然更相信一个才认识不久的便宜师父。

段神医听完，半嘲笑道："没想到你还是个小麻烦，你一家都是自然种吧？别骗我，我是大夫，是不是自然种，我自有方法分辨。"

戚少言没承认也没否认。

段神医见徒弟还不是百分之百信任他，有点小生气。

"对了，师父，你知道蛙族吗？"戚少言一直想不明白狼九哥为什么特意跟他提蛙族。

"娲族？"段神医变色，"你们村，还是你的家人和娲族有关？你和你的家人是自然种，不可能是娲族，也不可能和娲族有好的关系，那么就是你们村？"

戚少言听到这里，忽然不确定他说的蛙族是不是段神医口中的"蛙族"了："师父，蛙族有什么问题吗？为什么说自然种和他们不会有好的关系？"

段神医脸色难得严肃，而且看向徒弟的眼神竟充满担忧："娲族的娲是远古人类祖先女娲的娲，这个种族全都是非自然种，且是无法变成人形或只能变成半人形的非自然种，这些非自然种对自然种异常仇恨和妒忌。这些偏执者坚信他们这样的非自然种才是进化的正确方向，认为他们要比自然种的人类更高贵。为此，他们甚至不肯称自己为人类，而是换了个名字：娲。理由是女娲造人，他们自然就是女娲同族，比人高级，故称娲族。"

戚少言睁大眼睛，原来此娲非彼蛙。

这么说他们村和娲族勾结在一起了？那村中那些自然种怎么办？他们现在……

戚少言突然打了个冷战："娲族仇恨自然种？那他们对自然种会怎样？"

段神医叹息："自然种宝贵，大多数非自然种得到自然种后都会比较珍惜，尤其用来生育后代时。但娲族是例外，虽然他们也会用自然种繁衍，但会把自然种当作牲畜一样，自然种落到娲族手里，基本讨不了好。而且娲族为了研究自然种比非自然种容易繁衍的原因，会对自然种进行很残忍的人体试验。"

戚少言脸色变得惨白，他爸妈，还有石头一家，会不会已经落到娲族手上？

村中的长者到底是怎么回事，为什么会和娲族牵扯到一起？他们都疯了吗？

段神医接下来的一句话解开了戚少言的困惑，他说："娲族再不好，但听说他们掌握了突破三转四级的方法，据说娲族的寿命基本都超过了四十岁，这对一些无法突破的非自然种来说，简直是最大的诱惑，所以娲族哪怕名声不好，投靠他们的人也极多。"

戚少言顿时委顿，三转四级的突破难关也是大湖村的最大问题之一，村长、猎队队长，还有好几位村中长老都是年近四十却还没有突破，更不要说几位长老的孩子也面临这种问题。

如果以前没办法也就算了，可是现在有人跟你说：不用怕，跟我们一起，保证你能轻松活过四十岁大关，实力也能增强。你会不动心吗？

谁不想获得更强大的实力、更长的寿命？

戚少言想，如果娲族是用这种手段引诱大湖村的人加入娲族，那么他们村的那些人恐怕没几个会不动心。

可是村中不少人的妻子或丈夫都是自然种，他们会舍得让自己的爱人和孩子成为娲族的俘虏，被他们折磨？

但也许这些想要反抗的人已经被镇压甚至被杀死了，也许有些人逃走了……

戚少言回想着那个被红雾侵入、各种景象都透着怪异的村子。

一直被压制的红雾为什么会突然不受控制地扩散开？图书馆去了哪里？为什么石头家里会有死人，还是二长老的儿子？

段神医拍了拍徒弟的脑袋："如果真的是娲族插手了你们村的事情，而且你父母失踪也和他们有关的话，那么我建议你千万不要藏拙。相反，你要能闹出多大的名声就闹出多大的名声，最好能让这世界上的人都知道你的重要价值，让他们深深体会到缺谁都行就是不能缺了你，那么娲族就算想要动你，其他人也不会同意。而且只要你价值足够大，你也可以让别人为你做事，比如找你父母，甚至解决娲族。"

戚少言双拳慢慢握紧。

段神医给徒弟出主意："高调出手。一定要把这件事用最快速度传出去，且让越多人看到越好。我可以帮你送信，跟他们约定地点，并要求观看人数，理由就是你害怕被迫害，所以需要更多人知道。你甚至可以说是娲族在迫害你，表示你不露面都是被娲族逼的。"

原先看起来特别不靠谱的段神医正经起来竟然特别可靠，如果不是他的双眼冒着"闹事搞事"的激动光芒暴露了他的真正想法的话。

段神医像是突然想起什么，神情忽然变得特别激动："对了！你还记得你上次给我的液体吗？我拿去分析了，经过我反复研究和推断，那液体很可能具有助孕的作用。"

"助孕？"戚少言傻了眼，他想过从他手指尖冒出的液体有可能是救命药、升级药、强身健体药，就是没想到它是助孕药。

段神医用力点头，兴奋道："对！助孕！这个液体你还有没有？能不能弄到更多？如果能，那么你就真的会成为所有人的宝贝，救治被黑雾之毒感染的病人不算什么，能解决非自然种寿命和难孕这两大难题的人才是真正的人类至宝！"

戚少言心慌慌道："可是如果不管救人的能力还是那种能助孕的液体都跟我个人体质有关，也就是我有特殊的符纹能力，那么他们会怎么对我？会不会把我切片研究？"

段神医认真分析道："娲族有可能，但科学院大多数研究者都比较理智，草药师协会的草药师则一半一半。所以你更需要公开自己的能力，让所有人都认识到你的价值，而不是隐藏。如果他们想要研究你的能力，你也不用害怕，你可以跟他们谈条件，明确要求研究不能过度，必须在你能接受的范围内。如果他们不遵守约定，对你做一些过分的研究，你可以让自己的能力暂时'失效'一段时间。

"你甚至可以事先说明，你的药液需要你在心情极为放松和感到安全的情况下才能产生，因为你的能力独一无二，他们绝不敢对你做什么，到了最后也只能向你低头。另外，其实只要你表现出这两个能力，就足够招募一群强者保护你。必要时你可以雇用苦皮一家。"

听着师父给他逐条分析，戚少言逐渐冷静下来，脑中思绪也更加清楚。

果然还是要找个经验丰富的人，他一个人想，都快想出被害妄想症了。

段神医击掌："这样，我们先去找苦皮，请它们夫妻来压阵，它们应该不会拒绝。另外我再招募一些人手，你师父我这么多年好歹也积累了一些人脉。以后你就是我岐黄派的代表和脸面，对付你就是和我们整个岐黄派结仇！你自己还有没有一些认识的、比较值得信任的、可以帮你撑腰的高手？"

戚少言不确定地道："飞马车行的厨师长大人？"

戚少言心中同时还想到了第一军校的宿管老大——瘸腿帅气大叔，以及大极峰的老板。他的人生经验也许还不够丰富，但他看的那些书和村中长辈讲的"故事"，已经足够让他明白人都有立场。他也不可能和所有组织合作，如果他想要安全感，必须自己手中有力量的同时，还有一个强大的靠山。

嗯，第一步，先去找苦皮夫妇，雇用它们保护自己。至于某黑兔子……算了，他从没指望过这家伙。

第二步，传信给六星军，提出明确要求。尤其要对场地和观看人数提出要求。

第三步，找厨师长、宿管老大和大极峰老板谈谈。

戚少言把他的想法跟段神医说了，段神医认可了他的思路。

第十八章　入学报名

九月九日，戚少言拿着入学通知去第一军校报名。

"冥想学院特别录取生，学杂费不能减免，一学期全部费用三千能量币，请缴纳。"工作人员通过戚少言的身份牌确定他的身份后，微笑着说道。

"什么？还要交学费？我不是破格录取的吗？而且不是说第一军校学杂费全免的吗？"戚少言失声道。

工作人员依然保持着微笑："你虽然是属于破格录取，但因为不是考试合格生，也就是属于自费范围，自费生的学费确实要高一些。你还打算报名吗？"

戚少言犹豫起来，还好报名窗口很多，排队等待的人见到哪个窗口有空就可以过去。

工作人员亲切地对戚少言建议道："我校有助学贷款，方便一些手头不便的学生，你想要申请吗？"

对于肯付巨款支持学校的学生和家长，他们作为工作人员自然非常欢迎。学校还有赞助项目，可惜愿意给予赞助的土豪并不多。

戚少言踌躇。

三千能量币，可他身上只有段神医给他的一千能量币——他终于在看到段神医后想起他的空间里还有这笔巨款了，但没想到冥想学院的学费高达三千，按照正常成年人平均一个月五六百的收入，这个学费就是普通人月收入的五六倍。

可其他两个学院的考试他都没有合格，如今竟然只有冥想学院可以上，加上他父母也希望他能进入冥想学院，他总不能因为交不起学费就放弃。

"贷款利息是多少？另外学校可以允许免息分期交款吗？"戚少言问。

工作人员回答："学校的贷款都是免息，这是给予学生的福利。你说的免息分期，跟学校贷款也差不多。不管你选择哪一种，在下学期开学前你必须把上一学期欠的学费付清，毕业前把所有欠的学费付清。如果无法支付，你将拿不到毕业证，并且必须接受学院安排的任务，直到把所有欠款还清。"

戚少言考虑再三，决定先上一学期再说，实在付不起，就做任务偿还。

工作人员见他愿意交款入学，当场帮他办了分期付费，先支付一千，剩余的两千允许他在下学期开学前付清。

"请好好利用寒暑假时间勤工俭学，我们学校和佣兵协会有合作，校内就有雇佣任务，其中不少任务还可以赚取学校贡献点，贡献点可以当作能量币使用，虽然贡献点和能量币的兑换率是一样的，但是贡献点能买到我校的特殊物品和老师的特别授课等，能量币却不能。另外作为给学生的福利之一，学校出售的贡献点能买到的物品的价格，要比用能量币买划算许多，这些你可以看入学手册，上面都有详细介绍。"工作人员说着，递给他一份入学手册。

"本校校规活泼又严格，请仔细阅读入学手册中的规章制度，避免犯错。这是你的宿舍分配单，戚少言，欢迎你成为第一军校的学生，本校将以你为傲。"

"谢谢！"

戚少言出了报名大厅，先去领分配的生活用品。

一般新生的行李在报名时都暂时存在行李中心，等确定宿舍后再运过去。学校发的生活用品也在这里领取。

戚少言的行李都在空间里，只要过去领一下学校分的生活用品就好。

"少言，这边。"先出来的江春、江冬两人挥手叫他。

他们两人都考入了第一军校，江春考入了他梦寐以求的战斗学院，江冬则到底进入了食物系。两人早上一起出发，行李都放入了戚少言的空间里。

"你被分配到哪个宿舍？听说除了战斗学院的学生，其他学院的学生都是混住。我们战斗学院入学就有军训，而且比其他学院都要严格，为了不影响其他学院学生作息，所有战斗学院的新生都分配到了一起。"江春快言快语地说道，同时过来看戚少言的宿舍安排。

戚少言看自己的宿舍分配："B2区3排4栋305。"

江冬呀了一声："好可惜，我也在B2区3排，但是在1栋301。"

"没事，我们靠得近，可以随时串门。"戚少言又看江春的，见江春的宿舍也在三楼，心想这批新生可能大多都被安排在三楼。

江春也一脸羡慕妒忌地说："你们已经很不错了，住得这么近，我可是住在A2区，和你们分区都不一样。对了，你们知道吗，学校为了鼓励学生学习和研究，和其他四所大学一起，搞了一个学生商业区，学生可以在里面租赁店铺、活动室和研究室等等。外面的人也可以进去。听说那里可热闹了，卖的东西也比外面的便宜一些，很多外面的人都喜欢进来淘宝。少言，你的肉饼不是做得很好吃吗，你完全可以和江冬一起在那里租一个小铺子，我有空也可以过去帮忙。"

江冬也满怀期望地望向戚少言。

戚少言心中一动，他正愁要怎么赚能量币和适当地"卖"他的能力呢，立刻说："好啊，这个铺子要怎么租？租赁费怎么算？离学校远不远？"

"入学手册上都有写明，我看看……学生商业区……找到了，这里写着学生商业区的进入地点，相关申请和其他问题可以在进入商业区后去问询处询问。进入地点在……咦？竟然在每个宿舍区都有进入地点？"江春疑惑。

戚少言有过进出城外空间门的经历，一看说明就想到了那个学生商业区很可能利用了空间门的符纹技术，在每个学生宿舍区都开了一扇空间门，方便学生进出。

这可真是大手笔！戚少言咂舌。

直到后来，戚少言跟一些学长混熟，才知道这些空间门都是由符纹学院和其他学院的学生共同努力打开并维持，作为长期任务之一，同样算学分和贡献点。而每次进出空间门都要交能量币当"门"的维护费——没有大量能量，这些门也运转不下去。

行李处有学长热情帮忙，不过……

有的学长会热情推销自己带来的推车："帮运送，帮搬上楼，一次只要五个能量币。自然种学生免费，日后也可包接包送！"

"明月之星小队正在招募空间能力者，请空间能力者速来报名，小队将为其提供保护，并免费运送行李，免费介绍学院一切学习和生活常识！"

"招募力气大的新生搬运行李，运送一次三个能量币，想赚钱的新生赶快啦！"

"草药师学院寻找能治疗黑雾之毒感染的大师，能提供准确情报者，除有高额能量币奖励外，另有贡献点奖励！"

"长生小队招人啦，欢迎各种有能力没能力的新人，亲切学长亲切指导，给你家的温暖、兄弟般的关怀！想看帅哥这里有，想看美女以后也会有……"

戚少言听到熟悉的声音，不由得转头看过去，一下就看到凉粉二人组。

江冬、江春也看到他们了。

凉粉二人组也看到了戚少言三人，大喜，冲着他们就奔了过来。

"是你们，太好了！我当初就知道你们能考进我们学校，我的眼光果然好！"阿健冲过来就叫。

阿风凉凉地说："是啊是啊，你眼光真好，看到谁都是人才都是好人，也不知上次上上次上上上次……无数次被人骗的家伙是谁。"

"周行风！"阿健怒瞪他。

阿风对戚少言三人挥挥手："很高兴能再次见到你们，怎么样，和我们组队吗？"

阿健闻言立刻就不气了，也眼冒星星地看着戚少言他们。

江春之前帮忙摆摊子时也见过这两人，就笑嘻嘻地搭上他们的肩膀和他们套起近乎来："两位学长，你看我这两个弟弟，尤其是这个特别身娇体弱，不如先帮他们把行李送到宿舍，其他咱们再谈？"

"身娇体弱"的戚少言指指自己的鼻子，郁闷地不想说话。

江冬低笑。

凉粉二人组知道江春心眼比其他两人多，也没指望马上就能把人拉进自己小队，再看看其他新生，得，先把这三个笼络住吧，好歹这里面有一个战斗系、一个空间系，还有一个喜欢做饭的，凑起来也是一个全能小队了。

戚少言正要把领到的生活用品放入空间，被凉粉二人组阻止了。

"别别别！这点东西我们帮你搬，这里人太多，你……咳咳，懂的？"阿健对戚少言挤眉弄眼。

戚少言了然。这里有不少队伍正在招人，空间能力者较少，如果他在这里使用空间，恐怕会被招募的老生围住。

戚少言也不想出这个风头，就默认凉粉二人组帮他们搬运生活用品。

有两个熟悉校园的学长帮忙，三人就不会迷路找路了，凉粉二人组把戚少言和江冬的行李也分了大半，就给戚少言留了一个热水瓶。

提着热水瓶的戚少言有点无奈：他的身体素质真的比以前好很多了。

五个人按照距离远近，先去了A2区江春那儿，然后是B2区江冬的宿舍，最后是戚少言的。

阿风告诉三名新生："A区是战斗学院的学生宿舍区，B区是其他学院的学生混住，C区属于研究生，D区是老师的居住区。我们也住在B区，不过在B3区。"

三名新生分别介绍了自己所进的学院，阿风听说江冬考了食物系非常高兴，他也是食物系，都在同一个厨艺学院。

阿健在历史学院考古系，据说他们系经常有任务，很多三、四年级的老生跟着教授成日在外面考古。

戚少言想到父母曾经似乎也是第一军校考古系的学生，不过时隔这么多年，不知道学校还有没有老师记得他们。

第十九章　未来的最强宿舍

大家说说笑笑地来到戚少言的宿舍门口。

江春大大咧咧地上去敲敲门，然后就去拧把手，直接推开门。

屋里几人看过来。

宿舍是四人间，还算宽敞，靠墙两边放着床，都是上面是床，下面是书桌带衣柜的样式。

床和床并没有紧靠在一起，中间有一个带锁的个人储藏柜。

戚少言来得迟，只有一个靠近卫生间的床位留给他，其他三个都让人占了。

戚少言看得开，自我安慰以后半夜下床上厕所至少不会骚扰到别人。

可那三个人表情有点古怪，身上竟然都带伤，衣服也有些破损。

其中一人瞅着戚少言嘀咕："不是只有一个人吗，竟然来这么多，这要怎么打？"

打？打架？戚少言听得一头雾水。不过这三人看着好像有点眼熟啊。

"咳，你来了。我猜我能被破格录取，你肯定更能。"把自己的铺盖往左窗边的床位扔完后的少年对戚少言伸出手，"认识一下，我，三十六号，铁浩然。"

"……好名字。我，三十七号，戚少言。"戚少言也认出对方，握住了对方伸出的手。

能把血液变成油，并同样坚持到最后的三十六号被"破格录取"，他并不惊讶，但另一个是怎么回事？戚少言忽然觉得这个"破格录取"一点都不值钱，而且还得交大笔学杂费，他后悔了，早知道就好好考草药师学院的考试了。

蜥蜴少年看着戚少言，心里很不是滋味。他自认不弱，可不管怎样，他都比铁浩然和戚少言先出来，还是主动放弃，虽说最后冥想学院仍旧给了他许可入学证明，但心里那种低两人一头的想法怎么也抹消不了。

这也是另一个人出现，要求为争床位打一架时，他立刻就同意的原因。

可谁想，他还是败了。

那么要跟戚少言再打一架吗？如果他不能一开始就打败对方，面对这个能放毒能解毒能救人能自救还能充能的超级奶妈，就是磨他也会被对方磨死吧？

还好他的床位也不算多好，就算换成厕所边的那个也没什么。蜥蜴少年想，他要不要先"大方"地主动把床位让出来，这样也好看一点？

江春几个感觉出室内氛围不太寻常，立刻打哈哈道："哟，大家都来啦！来，认识认识，在下是今年战斗学院的新生，这是我两个兄弟，江冬，戚少言。少言以后就住这里，大家都是同寝室的兄弟，可要彼此多多照顾啊。这两位是学长，是我们的朋友，特意送我们过来的。"

江春在"学长"和"朋友"两个词上加重了语气。

凉粉二人组意会，搭着江春和戚少言的肩膀，摆出一副我们就是好朋友的模样。

不怎么爱说话的江冬也说："我就住在前面，和你们很近，有什么事可以找我。"

戚少言笑了，默默领受了大家的好意。

凉粉二人组也拿出了前辈的架势，嚷嚷说要请大家吃饭。

戚少言对蜥蜴少年也伸出手:"嗨,认识一下?"

蜥蜴少年捏起拳头,示意戚少言也如此,两人伸拳,互相碰了下。

蜥蜴少年尽量表现大度地说:"能考到同一所学校就是缘分,能住在一起更不容易,我叫师帅,考试中承蒙照顾。这样吧,我的床位就给你了,我们交换。"

"谢谢,不过……"

戚少言拒绝的话还没说出口,那边铁浩然就道:"少言,你的床位在这儿,上次大家分离得匆忙,我还没好好感谢你,如果不是你,我也不可能坚持那么久。"

"我还以为你们很恨我,毕竟我一开始就把你们都放倒了。"戚少言开玩笑。

铁浩然不在意地笑笑:"我只知道我在你的帮助下坚持到了最后。"

蜥蜴少年更是无所谓地耸肩:"被放倒也是技不如人。能怪谁?"

被忽略的另一名新生喊道:"喂,都当我不存在是不是?戚少言是吧,我,宋海。你听过宋江吗?据说他是一位历史名人,领导了一百零八好汉,我爸给我取名宋海就是希望我超越他,我以后可是要领导一个种族的男人!所以,想选更好的床位,我们先打一架,谁赢谁先选。"

宋海刚说完,就发现铁浩然和师帅用一种满含同情的目光看他。

宋海被他们看得心里毛毛的。什么意思?难道这个新生打架很厉害?还是能力很诡异?

刚才他是没防备铁浩然,脑子里的血液突然被变成油,一下就昏倒了。还好铁浩然不打算要他的命,否则他年纪轻轻就要死于脑梗。

戚少言哈哈一笑,他忽然觉得他的室友都很有意思。

"行啊,打就打,就在这里?"

"对,如果你觉得空间不够的话,我们可以去操场。"宋海兴致勃勃。

戚少言笑眯眯地说:"不用了,我可不想给人白看戏,现在开始?"

宋海点头："对，现在就开始。"

戚少言手一挥："好。"

宋海略迟疑一秒，眼睛还眨了下，随后啪地倒下。

众人无语。

不能动的宋海心想：这是什么能力啊，为什么我突然就浑身麻痹了？

戚少言蹲下身，问宋海："我这算是赢了吧？"

宋海想翻白眼：明知道我不能说话还问我，我舌根都是麻的！

其他两人一起笑，全都点头："算的算的。"

戚少言马上给宋海解毒。

宋海恢复后缠着问他这是什么能力，戚少言笑而不语。

另外两人也坏，就是不告诉他。宋海气得要死。

这么一闹，大家之间的陌生感顿时消了不少。

免费看了一场戏的凉粉二人组又重新认识了戚少言的能力，两人同时想：也许这个新生不只有空间能力？否则他怎么会被最难考的冥想学院破格录取？

就是江春、江冬二人对戚少言的能力也不太了解，只知道他有空间并且是一名草药师学徒。

戚少言不打算换床位，但师帅说必须换，否则他心里会有疙瘩。

最后大家按照刚才打架的结果重新分床位，戚少言也顺应自己心中所想选了比较喜欢的靠左窗的床位，铁浩然占了靠右窗的床位，宋海只能选靠门的床位，最后师帅把自己的铺盖放到了靠厕所的床位上。

江春摸着下巴说："你们这样分床位也不错，我们那边按照先来后到分，我总觉得有点吃亏，不行，等会儿回去我也提议用能力决定床位。"

几人唯恐不乱地纷纷起哄，让他一定要这么做，他们过去给他压阵。

江冬抿嘴乐，他的宿舍比较文明，大家采取了抽签的方式，他的运气还行，抽到了靠窗的床位。

八个人嘻嘻哈哈，六名新生一起向凉粉二人组请教学校各种事情，并约定六个人一起请两位学长到食堂吃饭。

"对了，少言，学长们一直在找你，貌似要你加入他们的战队，我已经加入了。"铁浩然拍了下脑袋道。

学长？战队？凉粉二人组立刻警觉起来。这是有人要当他们的面挖他们的墙角哇！

戚少言沉吟："我现在还没想好，等我想好了再做决定可以吗？"

"当然可以。"铁浩然表示理解。

然后戚少言有意无意提起学生商业区，结果大家都表示感兴趣，很想去看一看。

戚少言表示自己是个草药师，打算在那里开一个草药师医馆。

"这个想法好，你的治疗能力很强，还能帮人补充纯净能量，开个医馆肯定会有很多人上门，到时我帮你宣传，学长们应该也会帮你。"铁浩然道。

师帅也跟着点头，认真道："你卖毒药吧，保证生意兴隆，我第一个上门，就要刚才那种麻痹宋大傻子的。"

"你才是傻子，你全家都是傻子！"宋大傻……不，宋海特别生气地吼，吼完才意识到师帅已经说出他刚才被放倒的原因。

"你是草药师？！"这家伙特别后知后觉地对戚少言喊道。

戚少言回道："我刚才就这么自我介绍的。"

哪知宋海竟瞧着他傻乐起来："很好，非常好，果然我爹说得没错，我就是被命运眷顾的男人，我的身边将围满各种人才！兄弟，以后你就是我的专职药师了，我如果受伤可就全靠你了！"

一只大拳头朝戚少言砸来。

戚少言迅速闪过……速度还是慢了一点，擦了边，疼得他当时脸就皱成了包子，对此，他给宋海的回复就一个字："滚！"

宋海很惊讶，但随后他就高兴起来："我的实力还是很强的嘛，看来你只能打我一个出其不意，如果你不会放毒，我一根指头就能摁住你。"

戚少言邪邪一笑："是吗？那要不你再试试？"

其他人纷纷转身离开 305 宿舍，表示不忍目睹。

室内，再次啪的一声倒下的宋海看着抛弃他而去的兄弟们：啊啊啊！我是心胸宽广的未来领袖，绝不能为了未来属下的冒犯而生气，我要原谅他们……你们都给我滚回来啊！少言，求解药！

第二十章　第一堂课

开学典礼过后，学院开始正式上课。

戚少言还想着会不会有老师和学长专门来找他，结果却安安静静，不但没有人找上门，老师在课堂上也没特别点他的名。

戚少言在冥想学院的第一堂课开始了，进来一个小老头。

干巴巴的小老头走到讲台前，敲了敲桌子，什么开场白都没有，上来就说道："冥想学院的存在就是为了突破，如果你们以为在冥想学院学习就是坐在那里不断冥想，那么你们并不适合本学院。当然，不适合的，今天都不会坐在这里。能坐在这里的人，都是今年最优秀的新生，相信我，你们绝对担得起'最优秀'这三个字。"

戚少言、铁浩然和师帅三人互看。冥想学院今年的新生就他们三个，少得可怕又可怜，也不知道这个学院收这么少的学生怎么还能存续下来。

"这是冥想学院的课程表，你们看看，上面的课你们想上就上，不想上就可以不上。学分不足的就在期末和假期做任务弥补。"小老头笑眯眯地走下讲台，看起来特别好说话地给他们三人一人发了一张课程表。

课程表上的字很小，密密麻麻地印满了一整张纸。

戚少言大致扫了一遍，发现课程表上课程包罗万象，符纹基础和草药学基础一类他还能理解为什么要上，但像高手的修炼之路、梦境解析、易经、道学……这些他想都没想过的课程也有。

而真正看起来和"冥想"两个字搭边的课程，只有一系列与精神力有关的课程。

铁浩然举手："老师，上面的课可以自己随便选吗？有没有必修课？"

小老头呵呵笑："没有没有。冥想学院是学生自主程度最高的学院，在这里你们可以做任何事情，也可以任何事都不做。每学期只要修满三十学分，就能正常升级。而且，不能升级没有惩罚，能升级的却都有奖励。"

三人再次互看。太放任自流了也不好吧？感觉这学院真的很不靠谱啊！

就在三人继续研究课程表的时候，小老头回到讲台，用力一拍手掌："情况你们都了解了，不明白的可以去找你们学长询问。下面我们来进行冥想，你们知道要怎么冥想吗？"

铁、师两人都表示知道。

戚少言有点茫然，冥想是不是就是精神力锻炼法？他问小老头。

小老头摸摸短短尖尖的山羊胡，问另外两人："你们认为呢？"

铁浩然毫不犹豫地回答："冥想是一种内视，通过精神力展现，寻找自身符纹能力的秘密。"

师帅则回答道："冥想是引导符纹能量的过程，以此来不断提高自己的符纹能力。"

小老头最后看向戚少言："他们两个人就有两种不同的说法，你自己的理解呢？你怎么解释'冥想'二字？"

戚少言按照自己的理解回答："冥想是一种笼统的说法，应该是提升自己的方法的总称。这不是我想的，是我根据您之前的说法延伸出来的理解。"

小老头表示这样也可以，最后对三人道："你们回答得都正确，但也太保守。记住，作为冥想学院的学生必须要想别人不敢想、做别人不敢做之事。"

"那如果捅出娄子来,谁给我们兜?"戚少言脱口问道。

小老头指指自己的鼻子:"我,以及冥想学院。哪怕你们捅出天大的窟窿,只要不是作恶的那种,我都给你们撑腰。"

铁浩然用力鼓掌,戚少言更是连叫好声都发出来了,师帅无奈,只能跟着他们两个一起拍老师马屁。

小老头很满意,道:"人们提起冥想,首先想到的就是精神力修炼。而精神力也确实是基础,是最重要的部分,在学院诸位师生多年的研究和实践下,学院终于总结出一种比较完善的精神力锻炼法。我知道你们来之前很可能都打了坚实的基础,有自己的精神力锻炼方法。"

小老头一顿,问他们:"你们谁愿意试一试学院的精神力锻炼法?"

铁浩然和师帅都没有开口,他们需要好好想一想。

戚少言举手:"我想试试。我之前还没有系统地学过精神力锻炼法。"

"很好。"又一只小白鼠上钩了,小老头笑得眼睛都眯成缝,"放心,我包你学了绝不会后悔。你那些师兄是不是都很强大?他们中的一大半可都学了这种精神力锻炼法。"

铁、师两人心动。改练功法是大事,如果在家中,肯定要和父母商议才能做最终决定。但现在他们人在兽城,交通和通信又都不太发达,他们家人都允许他们自己做主选择。

要不大家一起练练看?师帅用眼神问另外两人。

戚少言已经做决定,没有什么可纠结的。

铁浩然想来想去,最终还是决定三人一起。

小老头看着三只小白鼠,笑得嘴巴都合不拢了。还是新生单纯啊,换了二年级的老生,才懒得理他。

小老头教授的精神力锻炼法没有名字,小老头说只要有用就行,有没有名字无所谓——实际上这个锻炼法还不成熟,他不愿意现在就给锻炼法取名。

"我们学院的精神力锻炼法并不是枯坐静思，而是需要大家动起来。对，这个锻炼法需要结合身体动作。现在我们来学第一式动作和对应的第一段精神力锻炼口诀，大家把中间的桌椅全部移开，跟着我一起做动作……"

冥想学院第一堂课，三名新生全都累成了狗！那看似简单的动作，却大大刺激了他们的身体，做的次数越多，感觉越明显。

戚少言没能把精神力和动作结合到一起，但他来不及继续研究，看小老头要走出教室了，连忙追上去。

"老师，请等等！"

"什么事？"小老头转身。

戚少言特别诚恳地说："老师，我打算在学生商业区开一个草药店，但因为我卖的东西有点特殊，需要靠山。老师，求入股！"

"入股？你找了几个人？"小老头没有问他卖什么，反而提出另一个问题。

戚少言掰着手指算了算："不多，如果加上您也只有五个人。"

第二十一章　选课和入股

小老头听戚少言说，所谓入股就是有人来找他麻烦让他交出某种药方或治疗法，或者逼着他去做事时，允许他借用某人的名义，表明他是被某人保护的，必要时为他出面解决一些麻烦，就能得到他每月收入的一成。

小老头上下打量戚少言，那目光看得少年心里发毛。

"老师，我保证我卖的药绝不会害人，如果有人因为我的药或者是我的治疗有问题来找我麻烦，我绝不会找您。我就是有些家里传下来的古方，因为效果太好，怕用了被人抢夺，或者把我囚禁起来逼迫我为他们做事，才想要找人保护我的。而我能找的只有学校的老师，还有我住过的客栈的老板，以及吃过我做的肉饼的宿管老师，还有我的医学老师和一头牛。"戚少言可怜兮兮地道。

"害人？药物害不害人是相对的，不是绝对的，重点在用的人。如果真的有，多做一些，说不定以后有用。至于治疗出了问题也别怕，让对方过来，我们给他好好检查检查，真是你的问题，该让你负责就让你负责，不该你负责的当然也不能赖到你身上。"小老头说话特别霸道，简直跟宠坏孙子的不讲理老头一样。

戚少言满眼星星地看着老头。有了老师这句话，他就敢卖一些特效药了——有特殊效果的药。

小老头嘿嘿一笑，竟然没详细问他找的另外四个入股人是谁，也没问他卖的到底是什么，就特别大气地挥手道："行了！等会儿我回去就亲笔给你写个牌匾，你拿去挂到你的草药店门头上，我看谁敢来找我学生的麻烦！"

"谢谢老师！老师您太好了，老师您怎么称呼？我要去哪里找您？"戚少言特别狗腿地恨不得抱住小老头大腿。

"我姓端木。冥想学院的这栋教学大楼顶楼，门口挂着端木名牌的办公室就是我的。"小老头自我介绍完毕，非常傲娇地背着手走了，走到门口回头，"一成收入别忘了，我会找人查账。"

戚少言膝盖一软，差点给他跪了："是，您放心，学生我一定把账目做得清清楚楚，绝不会贪污半分！"

"嗯。"小老头踢踢踏踏走远。

另外两个这才敢靠过来。

铁浩然拍他肩膀："你小子胆子很大嘛，竟然直接就找老师给你当保护伞。"

戚少言耸肩："那我还能怎么办？谁叫我势必要成为惊动整个地球的男人呢！"

师帅很受不了："恶心！让我先吐一会儿。"

铁浩然哈哈大笑："你什么时候也学会宋海的腔调了？"

戚少言心想，我明明说的是实话，算了，以后等事实结果出来再震惊你们好了。

说到宋海，戚少言听说他就读的学院后，终于想起为什么觉得对方面熟了，原来宋海和他一起参加过符纹学院考试，而宋海就是今年符纹学院的新生第一名——同寝室的其他三人都不太相信这个排名，气得宋海在宿舍里宣布以后做出符纹武器，绝对不便宜卖给他们。

"对了，你们准备选什么课程？三十个学分，有的课最高学分给五分，有的最高只给两分，如果我们选得好，一学期只要上六七门课就能修够学分。"师帅看着课程表分析。

铁浩然道："说实话，我也不知道要选什么课，不过我来之前，我家人就给过我参考意见，我打算按照他们的建议选课，比如自我符纹能力应用和开发、数学、物理、化学、战斗学、战争学、孙子兵法等等，符纹学也是我会重点辅修的课程之一。"

师帅也说："我选的跟你的差不多，符纹学也是我的重点辅修课程，现在恐怕没有人敢不学符纹相关知识吧？"

见两人看向自己，戚少言点头道："我也打算选修符纹学，另外草药学、医学和基因学，我也都准备选。"

三人一边说一边走出教室，迎面走来两人。

"哟，是你们三个，已经开学啦。"正义的二号学长看到他们就笑了起来。

旁边"阴险狡诈"的胖学长笑眯眯地不说话。

三人连忙自我介绍姓名。

二号学长也介绍了自己："郑义。"又指向胖学长："庞蛟。"

最后，二号学长说出了三人最想听的一句话："你们有什么不懂的可以来问我们。"

三人赶紧趁机请教了选课的事情。

郑义说了些自己的经验，并重点提到符纹能力、精神力和身体素质应该三方面同时进行锻炼，缺一不可。

"这样做虽然提升慢了一点，但是根据已有的可靠数据，这样做才是最稳妥的提升方法，而且突破三转四级的可能性也会提高至少两成。不要相信外面传的那些速成法，那些速成法大多以提前支取潜力值为代价，等到你真要突破的时候会发现后力不继，很不划算。

"另外，如果你们碰到一号海丽，她会告诉你们，适当上一些陶冶情操的课程，也就是单纯的兴趣班，对缓解精神压力和突破会很有好处。

"如果是三号那个又凶又冷的杀手，别看他那样，他认为历史中隐藏所有真相，他的历史分数相当高。

"十五号那个一天到晚睡不够的家伙，会说进化的秘密在海洋，哦，他是一条鱼，一上岸就懒。"郑义说了很多。

"谢谢学长指点。"三人衷心感谢，郑义的提点很有价值。

庞蛟笑得像个活菩萨，忽然道："如果我是你们根本就不会入学。你以为我们为什么那么想要毕业，还不就是因为这个学院很、很、很可怕，你们要小心，今年只有你们三个，僧多粥少，你们肯定会被折磨一遍又一遍。"

"喂喂喂！胡说八道什么呢！"郑义打断庞蛟，对三人道，"别听他胡扯，学院会发布一些任务，做任务可以赚取学分，这些任务对我们提升各自能力都有一定好处。只不过做任务前后，学院的老师会对我们的身体情况做一些检查和记录，绝不会过分。如果你们不愿意，也可以拒绝，如果同意的话，会有额外学分和贡献点奖励。"

庞蛟阴笑道："千万别答应，也千万别不答应，否则你们一定会被盯上，你们的所有秘密都会被窥探、被暴露，你们的所有隐私都会被摊开到人前，你们……"

"够了！我带这危言耸听的家伙走了，你们别把他的话放在心上，这家伙说的话十句有九句半都不能听。"郑义箍住庞蛟的脖子，拖着他就走。

庞蛟还对他们挥手。

三人吐气。上次入学考试时，郑义就给他们说过冥想学院的一些事情，但没说得这么详细。

"做任务前后要检查身体？看来确实有试验的味道。"铁浩然喃喃道。

"但我们想提高实力的话就不能不参加。"师帅的目光充满火热，他就是冲着传说中冥想学院可以大幅度提升学生符纹能力而来的。

戚少言一听到要检查身体就下意识地有种排斥心理："先看看吧，要不要做任务到时候再说。"

"对，我们先把课程定了。"

三人一起商量，最终确定了课程。三人选的课程有不少重叠部分，但也有完全不同的。

不想缺课的他们都没有拖拉，全都在当天把选课单交了上去，这样他们第二天就可以去上课。

确定课程后，戚少言开始全心全意地筹划起在学生商业区开草药店一事。

租一个店铺很简单，直接去商业区找管理处询问有没有空余的合适的店铺，只要你的贡献点不是负数并且能交纳前三个月的租赁费用，当场就能租下来。

戚少言在交了学费后就是赤贫状态还负债，而他的入股人都是靠送保护伞入股，并没有投给他一个能量币，那么想要赚到足够的租店铺的费用，他就只能……先在商业区广场摆摊了。

其实飞马车行还欠他一笔雇佣费用，但因为有一支佣兵队出卖了他，而这支佣兵队现在还被飞马车行扣着不放，他怕自己找上门去就出不来了，只能忍着暂时不去领这笔费用。

第二十二章　摆地摊

不知道是不是刚开学的缘故，学生商业区广场热闹得超乎戚少言想象。

戚少言还是第一次看到人多得到了摩肩接踵、熙熙攘攘的地步。

在广场摆摊不但要在指定地点摆，而且还要交摊位费，不论你卖什么东西，一个一平方米的小型摊位一天就要交十个能量币。

而且广场的摊位还非常抢手，几乎一出现一个空位立刻就会被抢走，甚至还有人专门守着空出来的摊位先占下来再倒卖给真正需要的人。

戚少言见自己排了半天都没守到一个摊位，只能选择和黄牛交易，用二十能量币换来一个最小摊位的一天使用权。

这个摊位位于广场西南角，夹杂在一众不起眼的各种卖杂货的小摊位中，一不小心就会错过。

这些小摊位卖的东西五花八门，基本上靠吆喝、靠忽悠做生意，想什么都不做就有客人上门，几乎不可能，大多数人都愿意去更大的杂货铺。

但也有一些人喜欢逛小摊子，还有些人相信在某些简陋的小摊子随便逛逛就能捡漏的传说，哪怕上当的人数永远极大幅度超过捡漏的人数，可是仍旧有自认天生慧眼或者纯撞运气的人前来。

这天，天阴沉得就像刚吵完架的婆媳的脸，偏又不肯来一场痛痛快快的大雨好好发泄一番，就这么憋着。

夜海不但憋闷，还很憋屈。

开学后，他就是第一军校三年级的老生，学习成绩不错，老师考评很好，只看履历，他将来会发展良好。

可是任何优秀的人上面如果再有一个更加优异的兄长，都会感觉不到自己的优秀。

夜海的哥哥叫夜博，二十九岁的少将，优异得让夜家年轻一辈都自惭形秽。不过这些都不是让夜海感到憋屈的真正原因。

夜海和夜博并不是同母兄弟，他们的父亲夜将军在知道夜海的存在后，沉默了许久，到底还是将夜海认了回来。

夜夫人也非常大度，她知道这件事怪夜将军也没用，那名和夜将军生下夜海的女子也十分无辜和倒霉，所以当那女子把夜海送来，表示自己和家人无法养育，这孩子应该是夜将军的责任时，她也很干脆地认了。

小时候夜海一直以为自己是夜将军夫妇的亲生孩子，对他们十分孺慕，对比自己大了十多岁的兄长也非常崇拜。

但在一次与小伙伴的争吵中，他的一个小伙伴突然对他嚷嚷，说他是肮脏下贱的私生子，说他母亲根本就不是夜夫人。

夜海非常愤怒，把小伙伴的头都打伤了，他本想立即回去找父母询问，但不知为何，到了家门口他突然失去了勇气，还……跑了，不敢回家。

而那个说破秘密的熊孩子回家后也没有吃到好果子，脑袋上还包着绷带就被父母拎着送到夜家，要他给夜海赔礼道歉。

直到这时夜家才知道夜海知晓了他的身世，可这时他们再愤怒也没用，发现夜海没回来，立刻就派人出去寻找。

可找了一夜都没有找到夜海，偏那时夜将军正远在外地无法赶回，而夜博也因为出任务不在家，家里只有夜夫人。夜夫人觉得这孩子最大的心病应该就是她对他的看法，所以执意要亲自出去寻找。

可谁也没想到夜夫人出去寻找夜海时受到不明敌人袭击，重伤逃回家后就倒下了。

而在外面游荡不敢回家面对真相的夜海一听说夜夫人出事，顿时什么也顾不得了，迅速飞奔回家。

可那时夜夫人已经被送去科学院，据说她的伤势重得连高级草药师都无法治好，只能交给科学院看有没有办法挽回生命。

最后夜夫人在科学院的鼎力帮助下，确实挽回了生命，但是她的符纹结晶几近毁坏，再也不能使用。原本夜夫人已经突破三转四级，可是这些年她眼看着越来越苍老，明眼人都知道她恐怕熬不了几年了。

昨天，鼎鼎大名的高级草药师厨师长大人被夜将军请到家中为夜夫人诊断，厨师长大人只留下一颗药丸，说了句他无能为力就离开了，还让夜家早做准备。

哪怕早已猜到结果，但是再度被宣判无救，夜家人仍旧感到了万分打击和沮丧。年轻的少将夜博甚至满头黑发中冒出了些许白丝，他不但愁自己的母亲，还愁自己的属下。

夜海愧疚到了极点。他一直认为夜夫人受伤都是因为出去找他，虽然家人并没有说他什么，还开解他，但夜海自己背上了沉重的思想包袱。

不过那位厨师长大人在最后临出门前，又回头说："尊夫人还有一线生机，但得看她运气。"

最后的最后，一直在旁边做隐形人的夜海就听到厨师长大人突然问他："你是第一军校的学生？"

夜海茫然，回答："是。"

厨师长大人问了他第二句话："那你肯定知道'狂潮草药店'了？"

然后厨师长大人不等他回答就走了，搞得夜海一头雾水。

夜海没反应过来，夜将军和夜博却立刻明白了什么，立刻询问他知不知道这家草药店。

夜海表示他不知道，家里人就命他赶紧来学校找，不管找得到找不到，都要赶紧把结果告诉他们。

于是夜海一大早就来到学生商业区，先在查询处查询有没有狂潮草药店，结果没找到，又在商业区到处打听有没有叫这个名字的草药店。可都快中午了，他甚至问到了广场，还是没有找到。

夜海当然找不到，因为这家店的店主目前还没能租到店铺，店名也还没有提交，现在知道他的草药店叫"狂潮草药店"的只有他和他的几个入股人。

夜海身心俱疲地从戚少言的摊位前走过。

戚少言来摆摊就是为了多赚钱，等他发现他拿出的自己炼制的药丸药膏，连问都没有一个人来问，最后反倒是他拿出来充数的肉饼卖得不错时，他也很崩溃。

当夜海从他摊位前走过时，他一眼就注意到了这个人。

便宜师父曾教导过他岐黄之术中的"望"，在"望"以外，段神医还神神道道地扯了些面相学和表情学之类的东西。

戚少言对此学得还不是很精通，但夜海身上那股强烈的幽怨和自怨自艾的气息，足以让看到他的人都知道这个人有不顺心的事或难以解决的问题。

不能再这么下去，得打开局面！

强烈的念头闪过戚少言脑海，于是他脱口就对夜海喊道："那位学长，那位很帅的学长，你家里是不是有人生了重病难以治疗？要不要试试我们狂潮草药店的……"

"你说什么？！你刚才说你们的草药店叫什么名字？！"原本无精打采地走着，明明听到戚少言打招呼也当没听到的夜海突然转身，一把抓住戚少言的衣领，差点把他从地上直接拎起来。

第二十三章　治疗将军夫人

戚少言用力掰开夜海的手指，非常不高兴地说："学长，麻烦你松松手，我的衣服要给你扯坏了。"

"抱歉！对不起，我不是有意的，你刚才说你们的草药店叫什么名字？"夜海忙松开戚少言，好言好语地问。

"狂潮草药店。意思是客如狂潮涌来……"

"真的是狂潮？！"

"学长你别激动！停！手别伸过来！你就站在那儿，你这么激动干什么？是不是有人跟你提起我们药店？"

夜海深吸口气，告诉自己一定要冷静，他也没敢小看这个小摊子，厨师长大人亲口提到的草药店就是再烂再破也是不凡的，这年头喜欢扮猪吃老虎的高人太多，他们这些经常出去历练的都知道不管遇到什么样的人，礼貌点、小心点总没错。

"你好，我叫夜海，是的，我是听人提起狂潮草药店的名字，我想请你们的店长师父到我家为我家人看病，不知方便与否？"

戚少言回道："哦，我一看就知道你家里有人生了难以治好的重病，要去你家是吧？行啊，现在去吗？"

夜海大喜："现在去最好！那你赶紧通知你们店长，我们现在就走。"

戚少言站起身，麻利地把摊子一收，往空间里一丢："好了，可以走了。"

"就你一个？不通知你们店长吗？"

"有事弟子服其劳，病人还没看，怎么知道就一定需要我师父出手？走吧，别耽误时间了，放心，如果我看不好，绝不会跟你们要出诊费。"

夜海半信半疑，不住打量面前的少年，这稚嫩的面容怎么看怎么不靠谱，如果在平时，他绝不会找这么一个小孩子给他母亲治病，但谁叫那位厨师长大人亲口提到了狂潮草药店，哪怕是死马当活马医……啊呸呸呸！他老妈洪福齐天，一定能治好！

"行，不过你得答应我一件事，如果你同意，哪怕你看不好病，我也可以付你一百能量币的出诊费。"

"真的？学长你真够义气，那你说，什么条件？"戚少言觉得这位学长人很不错。

夜海认真道："等会儿我带你回家，你不要说是我找来的草药师或医者，更不要说你的草药店名字，就说你是我的朋友，懂一点治疗，自告奋勇帮我母亲看看。"

他怕家人抱有期望又再度失望。

戚少言一听当即回道："这完全没问题！"

十五分钟后，戚少言乘坐夜海的符纹飞行器赶到位于兽城一角的夜家。

夜家虽然地位崇高，家里有两个军部高官，但他们住的只是一栋很普通的小楼，只不过这栋小楼位于军部大院中。

因为夜夫人的身体随时都有可能支持不下去，所以夜将军和夜博都在，他们都害怕夜夫人就这么突然闭眼离去，这几天没有一个敢远离家门。

夜博待在家中，可仍然在办公，只不过他把办公的地点放到了一楼客厅，下属有什么事就直接上门找他，或用符纹联络器联络。

夜将军陪着妻子待在房中，常年不在家的夜将军难得温情地坐在床头读故事给妻子听。

夜夫人半合着眼，神态很安详，也很快乐。

夜将军读故事告一段落，问妻子要不要喝水。

夜夫人睁开眼睛，摇摇头，温柔地看着丈夫："你们都还好，我现在最担心的就是小海，那孩子自从知道自己的身世后就心思沉重，偏偏又遇上我重伤的事情，每次看到那孩子被愧疚感压得腰都直不起来，我的心就跟被揪起来一样。

"小海是再好不过的孩子，心比大博柔软得多。他来的时候那么小小一团，那时夜博也大了，几乎用不着我照顾，我把所有心力都投注在了小海身上，对我来说，他除了不是从我身上掉下来的肉，其他再没有什么区别，那孩子对我也贴心。你说为什么那么好的孩子会遇到这样的事情，其实如果不是怕他想不开，我早就撑不下去了，我现在撑着不敢死，就是怕那孩子钻牛角尖。"

夜将军叹气，握住妻子的手，痛苦地说道："那你就努力活下去，为了我，为了夜博，更为了小海。你要知道如果你出事，很可能咱家就要失去两个人！"

"是啊。"夜夫人眼中流露出悲伤，"大博那里也有那么多战友在等死，那孩子都愁出白头发来了。我原本以为自己能看到这两个孩子娶妻生子，小海还在上学也就算了，大博都二十九了，别人能生的早生了，他却连老婆都没讨到！我看来是没福气看到孙子了，如果不是他有那么多事，我肯定用我的病逼他赶紧娶一个，哼！"

夜将军给妻子逗笑，低头亲吻她苍老的面颊："你会看到我们的孙子，我发誓。"

夜夫人轻轻推了推他："你就会骗我。"

两夫妻互相依偎，悲伤和温暖交织在一起。夜将军眼睛湿润，不敢让妻子看到，趁埋首的时候偷偷擦了。夜夫人也强自露出欢笑，不愿把自己的哀伤传染给爱人。

夜海带着戚少言赶到家里时，夜博的属下正在跟他汇报最新的军情和感染了黑雾之毒的战士的最新近况。

"哥，这是我学校的学弟，他懂一点治疗术，我带他回来坐坐。"夜海跟夜博打招呼。

夜博很是疼爱这个比自己小了十多岁的弟弟，知道他思想包袱重，特地对他露出一个笑脸："是吗，好久没看你带朋友回来了，有空去看看老妈，她会很高兴你带朋友回来的。"

"我知道了。"夜海已经有一段时间不敢去见夜夫人了，每次去见也是确定夜夫人已经睡着，才偷偷溜进去看一会儿。

有时候夜夫人想小儿子，故意装睡等他进来，夜海都不知道。

夜博又对戚少言点点头："玩得开心点，就当自己家，不要见外。"

戚少言咧嘴笑："谢谢。"

夜海带着戚少言走到夜夫人和夜将军的房间门口，又踌躇了。

戚少言见不得他这犹豫不决的模样，代替他咚咚咚敲响房门。

夜海吓了一跳，但他心里可能也不想阻拦，手伸出一半又缩了回来。

房门打开，露出夜将军的身形。夜将军没穿军服，穿了一身家居休闲服，把他凌厉的气质遮掩了三分，但他挺拔的腰身和犀利的双眼仍旧显现出他的不凡。

"我刚才就听到有人上楼的声音，猜到是你，来看你母亲吗？进来吧，别磨磨蹭蹭的，不像个男人！"夜将军先板着脸把小儿子训斥了一通，又看向戚少言，"你是？"

夜海忙介绍道："这是我学弟，他懂一点治疗，会一些偏方，我想……让他帮老妈看看。"

夜将军很无语也很无奈地瞄向小儿子，这孩子也真是病急乱投医了，连年纪这么小，还穿着新生校服的小学弟都拉来了。

"你不是回学校找狂潮草药店了吗？没有找到？"

夜海支吾道："我、我还在找，不过我这个学弟的治疗术真的很不错，也许……"

夜将军不能无视小儿子对妻子的关心，更不想把他的这份好心给推出去了，正好屋里传来夜夫人的呼唤声："小海带人给我治病了是不是？快让他们进来。"

于是夜将军让开："进来吧，别害怕，尽力就好。"

戚少言明白后面的话是对他说的，笑着点点头。戚少言现在还不知道夜家人身份，但看他们住的小区有军人站岗，也知道他们身份不简单。

夜海先一步进入房间，走到夜夫人床边，在床头单膝跪下，眼圈马上就红了。

夜夫人眼睛也红了，伸手抓住小儿子的手："你请的治疗者呢？让他给我看看吧。"

"嗯，老妈，就是他。"夜海忍住悲伤，叫过戚少言。

夜夫人刚才也听到了夜海的介绍，也没惊讶于戚少言年纪小，反而很和蔼地对他招手："你是今年的新生吧，我看你身上的学生胸章还是一年级的。你是草药师学院的学生吗？能让我们家小海请来，你的本事一定很了不起。"

"阿姨好。"戚少言笑着行礼，"您小儿子眼光确实不错，全学院我的治疗术大概是最好的吧。"

夜夫人和夜将军、夜海，包括因为不放心而上楼来看的夜博全都在瞬间露出了目瞪口呆的表情，不过他们毕竟见多识广，很快就收拾好表情。

夜海表情有点狰狞，很想揍大言不惭的戚少言。

夜夫人扑哧笑出来，眼角都笑出了皱纹，她很久没这么开心了："哎哟，真的好厉害。好吧，我的小神医，就麻烦你给我看看我的病还能不能治好，如果治不好也没什么，不用担心我们会找你拼命。"

戚少言呵呵乐，拖过床头的凳子坐下，示意夜夫人伸出手腕。

"我算不上神医，我师父才是。我也就学会他一点皮毛，但治疗您的病……咦？"

夜家人看到大言不惭的少年皱起眉头，脸上露出了沉思的表情。

夜将军斜睨小儿子：你请来的这个小鬼装得还挺像回事。

夜海恨不得捂脸，他太冲动了，他应该在请人之前好好打听一下这个新生。

夜博双手抱臂想，看在这小鬼逗乐他老妈的分上，哪怕这小鬼等会儿胡言乱语，他也可以考虑放这小鬼一马。不过笨蛋弟弟还是要揍一顿，真是急昏头了，什么人都往家里请。

戚少言握住夜夫人的手腕不放，夜夫人想收回又不好意思。

就在夜家人想提醒这位"小神医"时，戚少言开口了："您的符纹结晶全都碎了，不过符纹能量脉络还在，就是几年没用，有点堵塞，部分地方还有点损伤。想要治好您的病，说简单也简单，就是帮您重新凝结符纹结晶，同时把符纹能量脉络受损的部分修补好，您的病自然会不药而愈。"

夜博挑眉。

夜将军也惊讶地没能立刻开口说话。

反倒是夜夫人最镇定："是小海告诉你的吧？没错，我的问题就是符纹结晶破碎，可目前还没有听说有谁能修补，或者重新凝结。"

夜博和夜将军哂笑，他们也差点被这小子唬住，还以为这小子真的握个手腕就能看出夜夫人的症结所在一样。

夜海却在此时脱口说出："我没告诉他，我什么都没说，他甚至不知道要给谁治病！"

第二十四章　谈条件

夜家人一起盯住戚少言。

少年似无所觉地咧嘴笑："这点小问题，随便看看就能看出来吧！"

怎么可能随便看看就能看出来！

夜将军目露异彩："你是岐黄一脉的治疗者？"

戚少言眨眼："没错，您怎么知道？"

夜将军闻言，情不自禁跨前一步："太好了！我一直在寻找岐黄一脉，但你们躲得实在太隐秘了。"

"我们可没躲，我师父一天到晚说要带我回山，说我们岐黄山门有多好多好。"

夜博突然道："如果你们岐黄一脉真的能帮人重新凝结破碎的符纹结晶，那么我夜家誓将你们这一脉保护到底。"

岐黄一脉和宇宙神教的恩怨详情没几个人知道，但宇宙神教看到岐黄一脉就会捕杀是很多人都知道的。

夜博说了这句话，几乎相当于承诺要和宇宙神教对上。

但夜将军没有驳斥儿子，像是默认了。

夜将军甚至说道："你这是把脉吧？我听过这种诊疗手段，可以不借助任何器具就能查知人体病情。当初我夫人出事，多少草药师和治疗师都说没办法，后来有人说当寻常方法都没用的时候，也许可以试着找岐黄一脉。"

戚少言心想，这绝不是夸奖吧？怎么感觉找我们岐黄一脉就像是死马当活马医，完全碰运气来着？

如果戚少言是个地道的岐黄弟子，气性再大一点，说不定能踹凳子离开。

但戚少言不是，他是来赚钱的，是来扩大狂潮草药店名声的，所以他非常有服务精神地对夜家人笑道："我能理解。通常我们岐黄一脉都被传得特别神秘，谁叫我们就是这么神秘、这么牛呢！"

夜家人接不上话了。

戚少言放开夜夫人的手腕："好了，我们长话短说，夜夫人的病不算重，想要治好不难。"

夜家人惊喜过头，都不知道该给什么反应了。

夜夫人手按在胸口上，她怕自己得到希望又失望，会让丈夫儿子气得打跑这个大言不惭的少年。

"其实只要能让我起身，不用每天躺在床上，再让我多活几年，我就很满足了。至于符纹结晶能不能凝结，我也不奢望。"夜夫人好心好意地说道。

戚少言摆手："为什么不奢望？而且这也不是奢望啊，我说能治好那肯定能治好。你们要现在就开始吗？"

夜家人一时没反应过来，今天他们的反应特别迟钝。

戚少言挽起袖子，认真道："不过有些事我们要先说在前头。"

夜家人精神一振：很好，终于出现"不过"这两个字了。

夜家人齐齐生出一种"就知道会如此"的感叹。

夜海很窘迫，他希望戚少言别再说大话，但又希望戚少言真的能治好夜夫人，心里矛盾纠结得一塌糊涂。

还是夜将军沉稳，对少年道："请说。"

戚少言接着说:"首先,我虽然不知道这位阿姨的符纹结晶为何会破碎,但这种破碎一般都是被攻击造成,也就是你们有仇家。如果我出手治好阿姨,你们得保证我的安全。"

夜家人一听原来是这个"不过",都再次精神一振。

"这个肯定。"夜将军保证。

戚少言竖起手指:"其次,我们岐黄一脉为何很少出手,就是因为我们的手段太神奇,非常容易引来别人窥伺。这次如果我出手救阿姨,事情传出去,必定会引来一些有不良企图者,比如草药师协会或者宇宙神教或者科学院之类,到时他们逼着我和我师父交出治疗方法和秘籍等,你们家会帮我们吗?"

夜博抢在他父亲开口前道:"我刚才就给过你保证,我说了,只要你能治好我母亲,让她的符纹结晶得以重新凝结,我夜家就保定你们岐黄一脉了。如果你不相信,我可以和你签订符纹契约。"

"很好!够义气!"戚少言对夜博竖起拇指,随即就道,"那就签吧,可怜我们岐黄一脉之前被坑了太多次,实在怕了。"

夜家人齐笑,夜将军没有反对儿子的做法。如果岐黄一脉真的能救回他妻子,不谈感情,只他们的这份能力也值得夜家下死力保护。

"不过如果你治不好我母亲的病怎么办?"夜博盯着少年的眼睛问道。

戚少言呵呵笑:"你们刚才不是说不管我能不能治好都不怪我吗?"

夜家人心想:这小子是骗子的可能性高达七成。

夜海戳戳戚少言:"喂,给我点信心好不好,这对我们家来说是非常严肃的事情,你要再这样,我就生气啦。"

戚少言无奈:"是你们不相信我。我都说了能治好,好吧,不给你们一个承诺,你们大概也不放心。这样,我保证,就算阿姨的符纹结晶不能重新凝结,她也能重新站起来并多活几年,这样总可以了吧?如果我做不到，诊金我一个能量币也不收，用掉的材料也可以补给你们。"

夜家人互看，大家的表情都比刚才慎重许多。难道这少年真的没有吹牛？难道他们真的可以抱有希望？

夜家人的心跳逐渐加快。

夜夫人对她的丈夫和孩子点头，就算是死马当活马医吧，她想试一试。

"你还有其他要求吗？"夜将军暗中平息心绪，问道。

戚少言理所当然地说道："下面我说的谈不上要求，算是正常的医治过程中需要的材料。"

夜家人是真心激动了，少年如果要骗人也该到了图穷匕见的时候。

"你要什么材料？"夜博问。

戚少言大胆地开了张单子："阿姨的符纹能量体系属于水系，如果有同系的三转的符纹结晶最好，如果实在没有，二转的也行。为了保证治疗效果，符纹结晶越多越好，二转的最好能准备三枚以上，三转的两枚以上。另外，如果有同系的符纹壳也请尽量多准备一些。

"另外，阿姨的符纹能量脉络受损，需要一定的药剂进行恢复和蕴养，我下面说的是需要的草药。"

戚少言噼里啪啦报了一堆他需要的草药，量不算多，恰好是做出三盒补脉药丸的分量。

这个补脉药方来自段神医，据说是专门用来修补受损的符纹能量脉络的。戚少言之前得到药方还没有实践过，这次正好可以看看实际效果。

最后，戚少言开出诊金和治疗费的价码："一万能量币，不二价。你们不要觉得贵，治疗这样的病症对我来说非常吃力……"

不等少年说完，夜将军就非常豪气地一挥手："没问题，如果你真的能让我夫人恢复如初，别说一万，翻一倍我也给。"

戚少言看他表情，突然觉得自己报出的价码哪怕翻一倍都报少了。

夜海知道家人给了出诊的厨师长大人多少出诊费,所以他想,不出名的学弟就是便宜啊,治好才要一万能量币。不像人家厨师长大人,来一趟,什么都没做,就拿了五万能量币谢礼,还是被硬塞进手里的。

之后夜家人由夜博出面和戚少言签订了符纹契约,把他们之前谈的条件全都列在契约中。

戚少言再三审核内容,确定没问题,当场和夜博滴血签字,让契约生效。

夜家人看到契约生效,心中也都大大松了口气。

这也是因为戚少言目前名声不显,又是小孩子,他们才能做出让他签契约的事情来。换个名气大的草药师或治疗者,夜家人敢让人家保证治疗效果,人家马上就甩手走人。

夜家人觉得占了少年便宜,戚少言也觉得自己占了大大的便宜,契约看起来好像在约束他,但在他有信心保证治疗效果的情况下,这份契约对夜家人的约束更大,以后谁想对付戚少言——契约中没写岐黄一脉,只写了戚少言——夜家都得负责保护他。

戚少言还特别小心地在契约中注明,这个保护包含保护他的自由以及生命的完整和意识的清醒。

其实这份契约还是有一个很大的问题,那就是如果夜家人将来不遵守约定的话,契约也只能通过六族联合法院对夜博下达制裁命令,但如果法院不执行命令,或者夜家人另找方法脱身,戚少言拿他们也无可奈何。

但立这么一个契约,总比他什么都不做要好。

也许会有人无耻地无视契约,但更有品格高尚的人愿意遵守契约。

戚少言现在也只能遍地撒网,然后一点点建立自己的势力,让自己变得强大起来,等到他不用再害怕任何人的时候,有没有契约也都无所谓了。

说白了，他现在争取的就是让自己变强的机会。

总之，戚少言对这份契约内容非常满意，他打算以后给人看病都签这么一个契约。

戚少言把契约收进空间，以为夜家人要花一些时间去寻找水系符纹结晶，正准备跟他们另约上门时间，就见夜将军从自己的空间手镯中取出了两枚三转的水系符纹结晶。

"一万能量币，你是要转入你的身份牌中，还是直接要现币？草药我们现在就去收集，如果没有非常稀有的草药，最快一个小时内应该就能收齐。符纹壳之前没有准备，不过这东西不值钱，应该很快就能收集到一些。这是你需要的符纹结晶，现在就开始治疗吗？还是需要一些其他东西？"

戚少言看出夜家人的急切，他也没再拖延，让夜家人给他准备一万现币，当下就取过那两枚三转的水系符纹结晶。

"请你们出去，我治疗的时候不希望被任何人打扰。另外，如果你们有任何监视行为，也请停止。我的精神力非常敏感，当我进行治疗时，如果有任何干扰都可能造成悲剧。"

夜将军深深地看着少年："你放心，绝不会有任何人来打搅你。"

戚少言回以微笑："那就好，治疗完我会喊你们，在这之前请都不要进来，除非我开口。"

第二十五章　治愈夜夫人

对别人来说，符纹结晶破碎就等于不治之症，可对于戚少言来说，这个问题可要比犀牛混血儿的先天之症好解决多了。

夜夫人的符纹结晶虽然破碎了，但她体内的能量脉络维护得很好，显然有人经常帮她刺激这些能量脉络，避免能量脉络在长时间不使用的情况下萎缩。

这些能量脉络其实也是一个人体内的大型符纹，而符纹结晶就是其中心能量结点。

按照戚少言所想，这种病症并不难治疗，只要有一个精通符纹的人帮夜夫人重新修补损坏的符纹，再让她自己慢慢修炼，迟早有一天能重新凝结出新的符纹结晶。

但也许是体内符纹确实不容易修补，这个在戚少言看来很简单的问题竟成了绝症。

所以，他要做的就是用无影丝探入夜夫人体内，帮夜夫人修补损坏的能量脉络，再给她输入大量能量，让她自己重新凝结一个符纹结晶。

这其中最难的一点是治疗者对于符纹的掌握。

幸运的是，夜夫人的能量脉络只是损坏并不是消失，戚少言哪怕没接触过这种符纹，也可以根据原来的痕迹进行修补。

所以哪怕他是第一次接触这样的病例，也表现得十分自信。

他甚至觉得只是修复能量脉络，让夜夫人自己重新凝结符纹结晶的治疗结果太不显著，显示不出他的本事，为了震一震夜家人，也为了让他们知道他的实力而愿意投入更多的保护力量，戚少言决定顺便帮夜夫人把符纹结晶也给凝结出来。

这就是他索取水系符纹结晶的原因。

目前还没有人能把已经取出体外的符纹结晶重新纳回体内，绝大多数人都认为符纹结晶在生物体内是活物，取出来就是死物。

但戚少言看过那么多大灾变前的书籍，又有一个不拘一格、思想奇特的便宜师父，早就跟段神医探讨过如何把取出的符纹结晶重新植入生物体内的问题。

经过他和段神医的研究，尤其是在他的无影丝探查下，他们发现符纹结晶并不是死物，重新植入生物体内，其实跟植入一个眼球、重植一块皮肤没什么区别，只要和周围的血管筋络连接上就好。

当然，符纹结晶连接的不是血管筋络，而是能量脉络。但原理相同，都是把该对上的对上、该连接上的连接上。

在修补好夜夫人的能量脉络后，戚少言取出了一枚三转四级的符纹结晶。

这是刚才夜将军拿出来的两枚三转符纹结晶中最高级的一枚，不愧是夜家，竟然有别人求之不得的三转四级符纹结晶，还有一枚稍差一点，但也有三转三级。

据说夜夫人原来的实力就是三转四级，如果夜夫人发现自己在接受治疗后，实力一点没下降，一定很高兴吧？

夜夫人何止是高兴！

一个半小时后，戚少言一脸疲色地打开房门走出来。

站在外面要把地板走穿的夜家人顿时一起围过来。

戚少言让开路，夜将军第一个冲入房间。

夜博脚步微顿，对弟弟道："休息的房间已经准备好，好好招待这位……小神医。"

夜海也急于去看母亲治疗得怎么样，但在其他人都进去了，没人招待治疗者的情况下，他确实不好丢开戚少言不管。

戚少言看出他的焦急，很理解他，说："你先进去看看吧，我报酬还没拿，不会那么快走，我就在楼下等你们。"

"行！你随意，我马上就下来。"夜海叫家中仆人帮忙招待戚少言，转头也冲进了夜夫人房间。

不一会儿，房间里传来夜海的号啕大哭声。

楼下的仆人和没走的夜博下属全都吓了一跳，然后又一起恶狠狠地瞪向戚少言，他们都知道这个少年治疗夜夫人的事，但这么一个小少年，谁都不相信他的治疗能力。

如今听到夜海的哭声，他们自然而然就以为戚少言治疗失败，夫人出事了。

有沉不住气的已经跑到戚少言身边，准备随时抓住他。

戚少言老神在在地坐在椅子上，伸手抓起桌上的水果大口啃咬。现在已经是中午过后，从被夜海带过来到现在，他不但饭没吃一口，水都没喝上。

仆人和夜博下属焦急，都想上楼看看，就在有人忍不住准备上楼时，夜海冲了下来。

"戚少言！"

戚少言抬头。

仆人脸色一变，就要去抓捕这个庸医。

没等仆人碰到少年，夜海已经喊出了第二句："谢谢你！以后你就是我亲兄弟！你要我做什么都行！"

仆人和夜博下属顿时呆住了！

"不敢当。"戚少言咔嚓咬碎果肉，咀嚼，咽下，他想要装得老成，可还是忍不住露出一点点得意之色。

夜海扑过来一把抱住少年，激动得用力拍打他的背。

"咳！噗！"救命啊！"娇弱"的戚少言同学被拍得差点吐血，一口果肉从口中喷出。

"放开！再不放开，小心我毒死你！"

唰！夜海有多快抱住戚少言，就有多快放开他。

戚少言疼得龇牙咧嘴，忙握住一枚符纹结晶吸收能量治疗背部受伤的地方。

夜海看戚少言的脸色，知道自己干了坏事，不由得红了脸。

"少言，谢谢你！我太激动了！你不知道，我这会儿简直想冲出去大喊！"夜海围着戚少言跟多动症似的转来转去，他的眼睛还因为刚刚大哭过而显得红红的，脸上泪痕也还没干，但他这会儿像是忘记了，不时傻笑，又不时握拳，整个人激动得不知如何是好。

不久，夜博也下来了，他的眼圈也有点红，但没夜海那么夸张。

"啪！"夜博对戚少言行了一个军礼。

戚少言腾地站起，也轻捶胸膛回了一个战士礼仪。

夜博郑重道："大恩不言谢，这件事我夜家记下了。如果你不嫌弃，以后就让夜海贴身保护你，如何？"

戚少言张大嘴巴："这就没必要了吧？"

"有必要。"夜博突然伸手握住戚少言的手，"你的治疗能力太宝贵了，你知道军中有多少因为符纹结晶受损或破碎而不得不退役，甚至等死的战士吗？更有许多能量脉络受伤，而导致实力大大下降的战士。我不会问你用什么方法救治了我母亲，更不会逼你交出来，我只求你能接受军部的委任，帮我们救治这些战士……别担心，我知道你渴求自由，所以你的身份是合作治疗者，并不隶属于军部。其实如果你愿意加入我

们六星军的话，我可以保证你有军籍却不用受军队命令限制。"

戚少言看着夜博亮闪闪的眼睛，用力且坚定地抽出自己的手。

夜博不放，可他忽然感到手腕一麻，两手瞬间失去知觉。

戚少言顺利抽出自己的手。

夜博微笑：看来这个小家伙也不是毫无自保能力的治疗者呢。

戚少言腹诽：就知道你们这些人看到好的就想往自己篮子里装，说什么不用受军令限制，当我白痴吗，挂了军籍，敢不服从调度，那就是违抗军令。

"就如你所说，我性喜自由，不喜欢被束缚，让我治疗受伤战士可以，但加入六星军就不用了。我可以少收一些治疗费，但其他该怎么样还是怎么样。"

夜博微笑加深："当然可以。对了，你是新生，现在还没有加入什么战队吧？要不你加入小海他们那支？"

夜海一听，连连点头："好好好！少言肯来我们战队，绝对万分欢迎，收入、学分、贡献点，什么都好说！"

戚少言面无表情："谢谢，我已经加入战队了。"

"是吗？"夜海立刻改口，"那我加入你们战队吧，我可以专职保护你，我的能力是雷系，攻击力最强的符纹能力之一，在我们原来的战队，我被称为最强打手。"

戚少言瞅瞅夜海："再说吧，我们战队还没完全确定，等确定了，再通知你。"

夜海和夜博自然能听出少年话语中的搪塞之意，但两人就当没听出来一样，夜海甚至当着戚少言的面使用符纹联络器联络自己的团长，宣布他要退出战队，然后也不管他可怜的团长在那边啊啊大叫，就很残忍地把联络器挂断了。

夜博则一脸轻松地让仆人准备中午饭，大家都没吃，正好一起用餐增进感情。

　　戚少言虽然很想得到夜家人的保护,但像这样的交际应酬,他真的很不适应也不喜欢,他巴不得夜家人赶紧把酬劳给他,再送他回学校。

　　可是夜将军也下来亲自挽留和邀请他一起用餐,戚少言也不好意思就这么直接走人。

　　等仆人把迟来的午餐准备好,夜夫人也下楼了。

　　当看到夜夫人能自己从楼上走下来时,夜家上下全都红了眼睛,更有感情丰富的当场就捂着嘴哭出来。

　　当然,这都是高兴的泪水。

　　夜家还没有把这个消息传给夜家其他人知道,如今就他们一家子和戚少言这位治疗者一起分享这个好消息。

　　夜夫人看着戚少言,所有感激都化为一句"谢谢"。

　　戚少言本来挺得意的,但看到夜家人看他的神情,慢慢地也有点不好意思起来。尤其夜将军还把答应给他的酬劳增加了整整五倍!

第二十六章　教训兔吼

吃过迟来的午饭，戚少言再三婉拒夜家人的热情挽留，才逃一样地从夜家离开。

夜海把他送回学校后又匆忙赶回家里——夜夫人痊愈是件大喜事，全家都要为此做一些安排。

戚少言不知道，在他离开后，夜家人在一起又聊了很久。

夜夫人低垂眼眸感受着自己体内蓬勃的能量，哪怕之前已经为此激动过，这时还是忍不住抓住了丈夫的手。

夜将军反握住她的手："过去了，都过去了。只要符纹结晶还在，能力总会修炼回来的。"

"三转四级。"

"嗯？"

夜夫人抬头看向丈夫和长子，一字一顿地道："我还是三转四级。"

夜将军和夜博同时瞪大了眼睛。刚才他们太欢喜，只听说夜夫人痊愈、符纹结晶凝结出来，但详情并不知晓。

"你确定？"夜将军咽了口口水问。

夜夫人点头："十分确定。我刚才也以为自己太高兴弄错了，都不敢说给你们听，但……现在我已经确定，我还是三转四级，而且能量运转自如。"

夜将军和夜博发出惊喜至极的低呼。

夜博目露异彩："那小子真不得了。"

夜将军也感叹："是啊，这么小一个孩子都这么厉害，如果是他师父……"

夜博心动，以前虽然没有听说过岐黄一派能治疗黑雾之毒感染，但是也没听说过他们不能治，只是这一流派的人太难找，如今好不容易有了线索，又怎么能放弃这个希望？

夜博后悔，刚才他就应该跟那少年提一提黑雾之毒感染的事，问问能不能治也好啊。

夜博想到就做，立刻掏出符纹联络器联络起自己的弟弟来。

苦逼的夜海听到他哥的吩咐，快要到家门口了又被迫返回学校。

戚少言的心情好啊，看什么都自带美化效果。

哪怕宿舍里多出了一只很久不见的黑兔子，他的心情都十分飞扬。

宿舍里室友都不在。

"咕叽！大爷我回来了，还不拿吃的来上贡！"兔吼站在床上，拍打着和它娇小身躯完全不协调的大脚丫，冲着回来的少年叫嚣。

戚少言看到黑兔子把他的床单踩出来一个又一个黑脚印，心情指数瞬间降低百分之十："你这个混蛋兔子，从我床上滚下来！你这段时间跑哪里去了？你不是说保护我的吗？你就是这样履行你的承诺的？"

兔吼毫不脸红地吼回来："吼什么吼，我只是说保护你，又没说卖身给你，就是奴隶还有休息日呢，我出去走走怎么了？"

"你先从床上下来，敢情床单不用你洗是不是？"戚少言伸手放出无影丝，缠住兔子一扯一抛。

"咦？什么东西？"兔吼飞到半空叫起来。

无影丝想要往兔吼身体里钻，被戚少言强行控制住。

戚少言也是随手作为，等看到兔吼真的被他从床上扯下来，他也愣了愣。

他真蠢！无影丝什么东西都能钻进去，这不就说明它的韧性极强？他以前只拿它当吸管用，简直就是愚蠢到家！

明明这无影丝还能开发出很多作用。

"你刚才对我做了什么？大爷我竟然一点都没有察觉？！"兔吼跳到戚少言身边，人立而起，两只毛茸茸的兔爪不停地扯拽少年衣服。

戚少言捉弄之心大起，手一挥，把兔吼用无影丝绑成粽子。

兔吼咕叽大叫，对于这看不见的武器表示出些微恐惧和极大兴趣。

"到底是什么？你对我用了什么妖术？我警告你，赶紧告诉我，否则小心我晚上到你床上尿尿。"兔吼威胁。

"就不告诉你！"戚少言孩子气地扮了个鬼脸，收回无影丝，"谁叫你一天到晚乱跑，我的本事多着呢，你不知道那是你没福气知道。"

"呸！枉费大爷我在外面那么担心你，还特地给你带了好东西，算我好心当作驴肝肺，这东西你别想要了！"兔吼蹦起来，又准确无误地跳到戚少言床上，一阵乱踢。

那床上满是少年的味道，它绝不会认错。

戚少言耸肩，表示不稀罕："你能带什么好东西给我？八成不是你吃剩下不想要的，就是你自己也分辨不出来的。"

被说中的兔吼身体猛地变大，压得床铺发出咯吱一声响。

"咚！"变大的兔吼脑袋撞到了屋顶。

兔吼发出一声痛叫，爪子一挥，把屋顶刨出了一个大洞，又一脚把床铺给踹塌。

床铺倒下，连累下面的桌子也跟着轰隆碎裂。

阻止不及的戚少言生气大叫："……啊啊啊！你这个破坏狂！破坏学校公共设施要罚款的你知不知道！罚三倍啊！"

少年气急，无影丝飞射而出，直直刺入兔吼体内。

兔吼察觉到一丝危险，却没有发现危险从何处来，被无影丝插入体内都没有察觉。

少年这次铁了心要给兔吼一些教训——这家伙太随自己性子来了，说什么保护他，完全是在占他便宜，好吃懒做还到处给他惹麻烦，没有一点战宠的自觉。

兔吼看到少年气得跳脚，正要讥笑他几句，忽然感到体内能量大量流逝。

"咕叽！怎么回事？我的能量！"

咻，变大的兔吼再次变小，兔吼惊慌地跳起来，却啪地摔到地上，它的四肢全软了。

戚少言抽出无影丝，蹲下身来，恶狠狠地伸手戳趴在地上不能动的小黑兔："说！你以后还敢不敢乱来？"

兔吼反应过来，气得叫："是你！你对我做了什么？我的能量呢？你是不是对我用毒了？"

"哼！以前老虎不发威你当我是病猫。你跑出去玩不管我就算了，一回来就弄坏我的宿舍我的床，这笔罚款由你负责，还有，你必须把新的床铺桌子都给我扛回来全部弄好，以后你也必须履行保护我的责任，否则我就教训你一顿，并解除契约，一拍两散！"

"解除就解除！你以为大爷我想保护你吗！你这个只会玩毒的卑鄙小人，有种你不用毒，我们打一场！"

"鬼才和你打。"戚少言找了一根绳子，把小黑兔五花大绑，又吊到床架子上，"你什么时候反省好了，我什么时候放你下来。"

"戚少言你敢！你怎么敢这样对本大爷！等大爷我恢复能量了，你看我怎么教训你！"

"咚咚。""少言，你在吗，我听到你的说话声了，我知道你在，快开门！"夜海追了过来。

之前吃饭时，夜海问了戚少言的宿舍号码，在路上没追到人，就直接找过来了。

戚少言奇怪，过去开门："你不是回家了吗，怎么又跑回来了？"

夜海探头往里看："你在做什么？我好像听到你在和人吵架？是谁，要不要我帮忙？"

"咕叽！戚少言你这个混蛋，放开本大爷！"

夜海目光和小黑兔对上，扑哧乐了，遂指着小黑兔问戚少言："那是你弄的？看不出来你会虐待小动物呀。"

"那是我的签约战宠，欠调教，你看我的床和桌子，还有屋顶都给它弄坏了。"戚少言可不想背上虐待动物的恶名，立刻给出解释，又问，"你还没说你又跑来找我干吗呢。是担心草药吗？我不是跟你说了那些草药需要调配，等我今天调配好，你明天去我摊子上拿吗？还是你妈妈……"

"不是不是，我妈好得很，也不是跟你要草药。是我哥，他有事让我问问你。"

"什么事？进来说吧。"

等夜海进来，戚少言关上房门，从空间里摸出一个果子抛给夜海。

夜海接住，在衣服上随便擦了擦，咔嚓咬了一口："味道不错。"

"你哥让你问我什么事？"戚少言听了夜家人的对话才知道他们家和六星军有关，又听到那些军人称呼夜海父亲为将军、夜海兄长为少将，还想着他这次算是撞了大运，竟然一下就结交了六星军的重要人物。

戚少言回来后还想找人打听打听夜家的底细。

他记得六星军中共有六支军团，每支军团都有一名上将，上将下面还有数名将军。夜家虽然有将军和少将，但并不代表他们在六星军就一定有很大的权势。

夜海啃完果子，擦擦嘴说道："我哥让我问你，你们岐黄一脉对黑雾之毒感染有没有好的治疗办法？"

戚少言并不惊讶夜海提到这点，之前在自然大学考试时，学校抬出的感染者就是六星军军人，而夜博是六星军少将，看到他的治疗能力，想问问他对黑雾之毒感染有没有治疗办法很正常。

戚少言做出沉思状，拖长语调道："黑雾之毒啊，这种毒确实麻烦。"

夜海听他说麻烦，却没说不能治，立刻扔掉果核冲过来："少言，你们是不是能治？"

"不知道。"

"哎？"

"咕叽！他当然能治，他在骗你们！"黑兔子叫。

戚少言抓出一个果子砸黑兔子。

黑兔子被砸得叽叽尖叫。

可惜夜海的精神力不够强，没能听懂黑兔子在叫什么。

其实黑兔子也是知道夜海听不懂才敢乱叫，它虽然气戚少言把它放倒，还把它绑着吊起来，但是外人和自己人，它还是分得很清楚的。

戚少言威胁黑兔子："你再叫，就别想恢复了！"

黑兔子刚想破口大骂，对上少年认真的眼神，胆儿一颤，闭嘴了。

戚少言看兔吼安静了，才转身对夜海说道："我听我师父提过这种毒，他说很麻烦，具体能不能治，我也不知道，我得找他问问。"

"你大概多久能问到？"夜海焦急。

戚少言摊手："我师父行踪不定，他老人家喜欢到处跑，我们岐黄一脉又穷，买不起联络器，所以得看他什么时候来找我吧。"

夜海肩膀垮下去："那就来不及了，科学院说那些人就算半冰冻了，最多也只能支撑两个月，黑雾之毒的侵蚀能量非常可怕，哪怕冰冻也无法完全阻止它伤害人体健康细胞。最主要的是半冰冻疗养舱制作不易，价格高昂，目前所有感染者都是轮流使用那仅有的三十个疗养舱，没有疗养舱使用时就只能放入冰池，但冰池效果比疗养舱差很多，还不能给感染者补充营养，这样一来，那些感染者顶多还能支撑一个月甚至更短。"

戚少言的指尖颤了颤，他有时也会想他是不是太胆小了，也许他就这样站出来给黑雾之毒感染者治疗其实也没什么。

也许是我太自私了吧，总是先想着自己的安危。

少年垂下眼眸，他真的很需要有个值得他信赖的人跟他说：你这样做是对的。

被良心谴责的感觉真不好受。

不行，必须得按照计划来，他原本想给六星军发信，要求公开治疗被感染的战士，但后来跟厨师长大人他们商议，这个想法立刻被他们否决了，厨师长大人说的两句话对他震动很大。

他说：别人强，不如自己强，你找再多靠山也不如自己强大起来。而在你没有足够的自保能力时，别把周围人都当善人看。

厨师长大人还跟他说了一句悄悄话：你的做法很对，如果你只找我一个人帮你，哪怕我站到你这边，也不得不为飞马车行考虑，最终你还是会被飞马车行控制。

"我会尽快联系我师父。"少年低声道。

黑兔子两只眼睛瞪着少年，瞪累了，左看看右看看，也不知想到了什么，脸上竟露出了狡猾的神情。

夜海突发奇想："你以前见过黑雾之毒感染者吗？要么你去见见，说不定你见到病人突然就想出了治疗方法，或者能想出再拖延一阵的方法也好。"

戚少言打哈哈："再说吧，我跟师父说了我会在学校开一个草药店，他会在近期给我送一批草药，我想他要不了多久就会来找我。"

在这之前，他得尽量多救一些人，多签一些保护契约，他真的不想傻乎乎地就这么把自己交出去，而一旦碰到最坏的情况，他连反抗的力量都没有。

"对了,你还认识什么得了重病却难以治疗的病人吗?我最近因为买草药和研究药方,比较缺能量币。"

"有啊,你没看到高级草药师的店铺门口每天都排满了求医的人?对了,你们岐黄一脉在治疗不孕不育上有什么方法?"

戚少言闻言眼睛一亮:不孕不育?他师父上次帮他分析的从他无名指分泌出来的液体有什么作用来着?

第二十七章　开　店

夜海当着戚少言的面，用联络器联络了一位同学，那位同学的祖父因为突破失败，同样伤到了体内的符纹能量脉络，得了一种高手最怕的病症：能量脉络萎缩症。

因为这个病症，很多人会实力倒退，直到完全不能吸收能量，成为废人。

如今夜海那位同学的祖父的实力倒退到了三转一级，据说他原本是三转六级的高手。夜海同学一家在其祖父突破三转四级达到三转六级后过了一段舒心日子，可随着其祖父的实力倒退，那一家子刚起来就又被对头给打压了下去。

不过这一家人比较团结，全家人抱团，每个人的工作也都不错，到底扛住了对头的打压，只是家里没有三转四级以上的高手坐镇终究不稳。夜海那位同学就被家人寄予了很大的希望，都指望他能在二十五岁以前突破到三转四级。

"……没开玩笑，真有人治好了我母亲……你别激动，人就在我们学校……你要过来？好吧，你到 B2 区 3 排 4 栋 305。"

夜海收起联络器，满面笑容地对戚少言说："我同学马上过来，放心，只要你能治好他爷爷，两三万能量币绝不成问题。"

夜海的同学来得飞快，戚少言刚刚去找宿舍管理员交了罚款回来，对方就已经站在他宿舍里了。

"给你们介绍一下，这是我同学蒋冰。蒋冰，这就是我跟你说的小神医戚少言。"夜海为双方介绍道。

蒋冰个头很高，在看到戚少言时，眼中闪过了一丝失望之色，但看在夜海面上，他还是对戚少言挤出笑容，点了点头："你好，听夜海说你治好了夜夫人？"

戚少言看他表情就问："你不信？"

蒋冰打哈哈："怎么会？夜海拿谁开玩笑，也不会拿他母亲开玩笑。"

如果不是这样，他也不会这么急匆匆地赶过来。

但是看到夜海口中的小神医竟然真的很小，还是他们学校的一年级新生，蒋冰就算深知人不可貌相，多少还是生出一些疑惑。

也许他有必要先去探望一下夜夫人，然后再谈其他。不是他不相信夜海，而是怕夜海被这小子用什么手段骗了。有些人的符纹能力就是迷惑，以前就有具有这种能力的人出来行骗，不知多少人上当。

蒋冰心中有所决定，就转头对夜海说："夜夫人恢复是件值得庆贺的大喜事，不知我们是否可以过去拜访？"

夜海希望夜夫人能多多休息，又不知家中安排，就略微犹豫了一下："谢谢，不过我母亲刚刚痊愈……"

蒋冰忙道："自然是等夜夫人身体允许的时候。"

嘴上这么说着，蒋冰心里却更加怀疑。为什么不让他去拜访夜夫人？真的只是怕影响到夜夫人休息，而不是这件事根本就子虚乌有？

戚少言看蒋冰只跟夜海说话，却无视他，耸耸肩，走到一边教训黑兔子去了。

夜海带着点歉意和蒋冰又交谈了几句，夜海几次说要跟蒋冰约时间去医治他祖父，都被蒋冰委婉地推托过去。

夜海也不是笨人，很快就察觉出蒋冰不信任他的推荐。

夜海无奈地笑了笑，算了，再推荐下去搞得他像是个托。以戚少言的治疗能力，迟早会出名，到那时不用他推荐，蒋冰自己就会跑过来求人家。

夜海看向欺负黑兔子的戚少言，再瞅瞅和他一个劲谈开学第一个任务的蒋冰，摇摇头。

蒋冰见戚少言竟然虐待小动物，想说他两句，但看夜海没吱声，他看在夜海面子上也忍了下去，但这让他对少年的印象差了很多。

也难怪夜海和蒋冰没能看出黑兔子是变异兽，变异兽之所以称为变异兽，就是因为它们的身体中也有符纹能量脉络，也能使用符纹能力。能力者分辨变异兽的方法就是感受对方体内的符纹能量。

黑兔子身体中的能量大半给无影丝吸走，这时虚弱得连普通野兽都不如，不过它虚弱是因为缺少能量，本身体质仍旧十分强悍，这也是戚少言敢把它五花大绑吊起来教训的原因。

"少言，我回家一趟，你说的事我会帮你留心。明天我再过来。"夜海见戚少言没有推销自己的意思，就把蒋冰带走了。

蒋冰离开时对戚少言倒是很客气，还问戚少言那黑兔子卖不卖，他想买回去送给亲戚家的小妹妹。

戚少言摇头："那是我的战宠，它犯错了，我在惩罚它。"

"战宠？"蒋冰疑惑，他并没有感觉到那黑兔子身上有异兽才有的符纹能量。

"不好意思，我等下还要出门。"

"哦，好，我们下次见。"蒋冰跨出宿舍门时总觉得自己好像做了一件错事，尤其站在一边的夜海那似乎含着同情和一点点嘲笑的目光，让他很想回头邀请里面的少年去他家一趟。

但他最终还是压下了这个念头，他爷爷身份不普通，他们家对头也比较厉害，对头为了害死他爷爷，什么方法都能想出来，虽然这人是夜海推荐的,但谁能保证夜海没有被骗?

小心无大错,还是等跟夜家确认了再决定也不迟。

戚少言目送两名学长离开,丝毫没生气,他脸嫩年龄小,别人不相信他也不奇怪。

黑兔子一直在吼叫,可因为缺乏能量,它的叫声都很微弱。

"咕叽!放我下来!戚少言你这个混蛋,我要和你决斗!"

"你还没接受教训?"

"什么教训,我跟你说,大爷和你的仇结大了!以后我们就是不死不休!"

"你确定?"戚少言本来打算打完了棒子再给它一颗枣子,这时他决定枣子还给,但只给它舔一口。

无影丝进入黑兔子体内,戚少言手握一枚符纹结晶,把里面的能量传输到兔吼体内。

兔吼骂着骂着,神情改变了:"好多能量!好舒服……再来点再来点,我感觉我就快升级了!"

兔吼陶醉。

戚少言凑到它面前,好笑地问它:"舒服吗?还想要吗?"

"舒服!快点快点!"兔吼催促。

"如果你能好好干活做事,履行当初和我的约定,我就是送你一些能量,甚至帮你突破、帮你晋级都没问题,可是看看你,干了些什么?"戚少言变脸,直起身体,毫不留情地用无影丝把刚刚输入兔吼体内的能量又全部吸出来。

"这是你的新能力?"兔吼终于反应过来,随后就感到体内能量又开始大量流失,兔吼后悔,它刚才为什么不先挣脱这该死的皮绳!

"你干什么!快停下来!把我的能量还给我!"

"戚少言你这个该死的小混蛋,枉我们还一起出生入死过,你就是这么对待朋友的？"

"喂！你别走，你去哪里！你给我回来！"

"万事好商量啊！好吧好吧，我说，我错了！我以后一定好好保护你！你别走啊！"

戚少言走到门边，又走回来，抱臂看兔吼："你确定知道自己做错了？确定以后会好好听我的话，做好我的保镖？"

兔吼眼珠子转动："我当然会履行承诺，我们兔吼一族才不像某些种族谎话连篇。不过你要我保护你，总要把我的能量还给我吧？"

"可以。"戚少言射出无影丝。

兔吼感觉到能量真的回到自己体内，但它没发现少年对它做了什么手脚，这让它第一次忌惮起面前看似无害的少年。

戚少言瞅着黑兔子，像个恶霸一样说道："你记住，我能给你能量，就能让你失去能量，就算你杀了我，我也可以在临死的刹那间让你变成干尸，不信你可以试一试。不过如果你跟在我身边好好做事，除了你受伤我可以帮你免费治疗以外，我还可以帮你提供能量帮你晋级。"

兔吼呆滞："……你还是那个戚少言吗？"

戚少言在心里说：我是。只是没有了石头和狼九哥，我必须学会自保和自立，所以有些我以前不愿做的事，现在必须要做。

人的能力大多都是被逼出来的。

"哇！少言，你在干什么，不但把床弄坏，还把房顶也给弄穿了！"宋海打开宿舍门，愣了一下，当时就叫道。

"你没课？"戚少言解开兔吼身上的绳子，把它的能量充满。

兔吼被松绑后没有大叫大骂，反而小心翼翼地瞅了瞅少年，也没敢再充大爷。

戚少言也越发肯定兔吼就是一个欺软怕硬的家伙。

"今天的课都上完了。"宋海好奇地凑过来问，"这黑兔子……咦？

异兽？"

"是啊，我刚收服的战宠，刚才它不听话，把床和房顶都弄坏了。"

"我看它现在老实得很。"

"嗯，给了它一点教训。你要出去？"

"是啊，我打算去商业区一趟，补充一点存货。你呢？"

戚少言看看外面天色，现在是下午过半，时间并不算晚。

宿舍管理员派人过来修理损坏的房顶和更换新床铺桌椅还需要时间，戚少言想到他现在也有了大量能量币，就对宋海道："我也去。我打算在那里租个店铺。"

"那正好，我们一起去。不过你真的打算现在就租店铺？商业区店铺的租金据说都很贵，一般都是战队用队费租借。"

"我想拥有一家属于自己的店。"

"有志气！我跟你一起去，帮你参考参考。"

"好啊。"

戚少言把变小的黑兔子揣到怀里，和宋海一起，先去了管理处询问有没有空的铺面。

空铺面有四个，分散在商业区各处，其中有一个正好位于草药一条街，店铺很小，价格却很高。

人们都喜欢扎堆，草药一条街逐渐形成后，人们买药物和治病首先想到的就是草药一条街。如果把草药店开到别的地方不是不可以，只是必须累积足够的口碑才能吸引到更多人。

戚少言认真思考了一番，他现在需要快速累积名声，靠别人介绍是一条路，但也不能放过主动找上门来的，而且店铺位于草药一条街，也比较方便他"考察"别人家的草药和药物。

他刚得到一大笔酬劳，租个店铺完全不成问题。

宋海也觉得这个店铺不错，并对戚少言说如果能量币不够，他可以支持一部分。

"多谢，我今天帮人看病赚了一笔诊金，目前暂时不缺能量币，等到需要的时候，一定跟你提。"

付了押金后，两人一兔跟随管理处的人去草药街看那个店铺。

管理处的学长边走边跟他们介绍："这个店铺不大，但店铺是横向的，门脸够大，又位于草药一条街，属于比较抢手的店铺，你今天如果不定，明天再来铁定没有了。也是你来得巧，这个店铺我知道，它原先也是一家草药店，挂在一个学校战队的名下。以前这个店铺都是销售该战队在任务中获取的各种药草，和他们战队里的草药师炼制的药物。

"但因为效益一直不是很好，该战队内部又产生了一些矛盾，他们队长不得不解散战队，否则像这种抢手的店铺一般都是他们找熟人转租掉。"

说话间，三人一兔来到了店铺外面。

戚少言里外前后都转了一遍，也觉得这个店铺不错，重点是它原来就做草药生意，里面柜台药柜、接待客人的桌椅，包括临时休息的床铺等一应俱全，而且打扫得比较干净。

宋海对他点头。

管理处学长一脸你们捡了大便宜的表情说："战队解散后，他们也懒得找人把里面的东西清理掉，就全都留了下来，你大概打扫一下就能正常使用。"

"行，就它了！"

戚少言来之前就付了押金，如今看上了就可以马上签订租约，途中也没出现和他争抢的人，办好手续后，很顺利就把店铺租了下来。

租下店铺，天色已经不早，戚少言又赶紧找了家看起来还算顺眼的杂货店买了数百个瓷药瓶瓷药罐。

宋海看戚少言把店铺租了下来，也终于相信他要开草药店的决心，便帮着找人过来打扫卫生，又帮戚少言一起把原来的店铺牌匾取下来，挂上了由小老头亲自书写的"狂潮草药店"招牌。

当晚，戚少言留在店铺，用他之前收集保存的无名液体配合一些草药，搓出了一百来个小丸子。

第二十八章　七人之计

次日正好是学校休息日，戚少言的店铺就正式开张了。

听宋海说戚少言开了一家草药店，宿舍的其他两人也全都在第二天一大早就跑过来帮忙。

可是草药店里空荡荡的，药柜里一种草药都没有放，宋海三人转了半天也不知道该做什么。

师帅敲了敲柜台，问趴在柜台上写东西的戚少言："你在鬼画什么？你确定真的是今天开业？花篮呢？红绸呢？敲锣打鼓呢？就算你没钱邀请一帮狮族人在门口跳舞唱歌，好歹得烧几根竹子吧！"

师帅说的都是考古系发掘大灾变前的文化传承时，整理出的民间一些开店仪式，但凡讲究一点的店铺都会来上一套。

可现在店门外除了三人送来的一个大花篮，就什么都没有了。

要不是有来过的宋海带路，师帅和铁浩然都不一定能这么快找到这里。

"好酒不怕巷子深。没那些不照样开业？"戚少言吹了吹刚写好的木牌，往他临时拉起来的绳子上一挂。

师帅这才注意到那绳子上已经挂了十几块木牌。

铁浩然和宋海无聊，正在那儿看木牌上的字呢。

"木薯粉、避蛇虫包、消暑水、清热解毒丸、感冒冲剂、胃舒灵、止疼片、超级止疼片、止血粉、超级止血粉……"铁浩然一路念过去，念到最新挂上的木牌，"易孕丹。"

三人看向还趴在柜台上书写药名的戚少言，脸上的表情几乎一样。

"这些药你都有？"宋海一脸怀疑地问。

师帅问："价格呢？哦，价格写在背面了。怎么这么贵？"

铁浩然觉得不错："这种挂牌方式挺好的，想买什么药，自己找找看就知道，不过那个木薯粉是什么？"

宋海又问："你的草药师胸章呢？为什么还不挂出来？草药店里卖出的任何药物可都是由店里的草药师负责的，如果出现问题，那个挂名的草药师就倒霉了。"

戚少言再次写好一块木牌，扔给师帅："帮我挂上去。"

随后他又拿出一块空白的木牌，边写边说："我还没来得及去补办胸章。哦，对了，我听说草药一条街就有草药师协会驻点，那我能不能在那里补办？"

"应该能吧，等下你可以去问问。那个木薯粉是什么？"铁浩然回答。

宋海也过来敲柜台。

戚少言翻个白眼："木薯粉就是我请你们吃过的肉饼的原材料，你们说特别好吃、能量特别容易吸收的那种肉饼！"

宋海眼睛一亮，他之前看到"木薯粉"三字就猜测是不是和肉饼有关："哎？这个你也卖？好，先给我来十万斤。"

"一边去！"

另外两人也纷纷道："我们不要十万斤那么多，你看你有多少，我们三人一起分分。"

宋海更是手快地把写着"木薯粉"三个字的牌子翻了个面。

戚少言大叫："喂喂！这里的木薯粉每人限购三斤，想要更多就去找学校门口那家大极峰客栈，以后他们将成为木薯粉在兽城的唯一经销商。"

"别这样啊！我们是室友，是一个宿舍的兄弟！还有谁的关系能比我们的更铁？你就是木薯粉的原产者，我们不找你买，却去经销商手上拿货，说出去，我们多没面子！"宋海嚷嚷。

师帅却说："请不要用'我们'。少言都说了，大极峰客栈是唯一经销商，那肯定签了契约，你想买十万斤，不经过经销商，是想大极峰客栈告少言违约吗？蠢！"

"你骂谁蠢？"宋海伸手就去掐师帅脖子。

师帅很麻溜地闪过。

宋海追上去就打。

师帅很坏心眼地跑向铁浩然。

戚少言被他们闹腾得把药牌写歪了好几个。

几个少年嘻嘻哈哈，完全没把挂出来的药牌当回事。

戚少言被他们闹得心烦，药牌也不写了，掏出一些药瓶，对照他之前就写好药名的药柜抽屉，根据原材料的珍贵程度和保质期，每个里面都放了一到三瓶。

几个人中最为靠谱的铁浩然踹开宋海，过来抓起一瓶药看了看，问："少言，你这些药都盖章了吗？"

戚少言一愣。

铁浩然摇头，好心地提醒他："每个草药师都有自己的胸章，他们出售的药物都需要盖章，以此证明药物质量。如果出售的药物上没有草药师的胸章印记，那么这种药就属于私药，卖的人被发现的话会被罚，买的人出事也只能自认倒霉。所以，你这些药要是没有盖章会很难卖，店铺也会被查封。"

戚少言一拍脑门："啊，我忘了。你们帮我看下店，我去街上的草药师协会补办一下胸章。如果有人来买药，你们就按照药牌背面的价格卖吧……还是等我回来盖了章再说吧。另外如果有人要请我去看病，就让他等一会儿。好了，我去去就回。"

戚少言对三人很信任，加上今天才开张，他料定不会有什么客人上门，就很放心地出门补办草药师胸章去了。

三人打闹一会儿就无聊了，宋海走到药柜边把每个装有药瓶的抽屉都拉开看了看，还拿出一瓶易孕丹摇了摇。

"第一军校第一草药师戚少言同学认真出品，一吃就怀孕，神奇易孕丹，你们谁要来一颗？"宋海说着，自己哈哈笑起来。

铁浩然正色道："你别闹了，以少言制药的能力，这易孕丹的效果说不定真的要比外面卖的那些效果要好。"

师帅耸肩："草药师各有自己擅长的方向，少言玩毒药很厉害，不代表他做一些增益药物也很厉害。"

铁浩然又说："他的治疗能力很强。"

师帅不以为意："你也说了是治疗能力。"

铁浩然突发奇想："其实我觉得少言更应该挂个帮人减肥的牌子，虽说现在还有很多人在温饱线上挣扎，但兽城里也有不少人在为自己的体形担忧，爱美的女孩子就更不用说了。"

师帅竟然附和："是啊，那个胖学长被少言治疗过，感觉真的瘦了一圈，很明显。"

"你们在说什么呢？"宋海好奇。

"我们在说那天冥想学院的考核。"铁浩然心想这也没什么不能说的，就把那天的考试内容大概描述了一下。

宋海听得嘴巴张老大，看两人表情认真不像说笑，也不好意思开玩笑了，于是把易孕丹小心地放回抽屉里。

"好冷清啊，都没有客人。"宋海是个闲不住的，在店中转了两圈后提出一个建议，"我听别人说商家开张第一天都会找人帮忙买东西，我们要不要也演一次？"

师帅摸下巴："三个人太少，想要演得真，还得多叫点人，最好再排练一下。"

宋海立刻道："少言不是还有四个朋友吗？我昨天跟他们说了少言今天店张开，他们说好会过来帮忙，算算时间，应该也快到了。"

铁浩然也道："我记得少言说他找了几个大股东，不知道那些股东今天是不是也会来。"

师帅撇嘴："一个小店铺而已，股东们这时候还没到，那应该就不会来了。真正上心的股东怎么会在开业吉时前还没有赶到的？"

股东虽然没到，但没多久，凉粉二人组和江春江冬两兄弟就跑来了。

"少言呢？我们一起给他买了一个大花篮，就放门口吗？"阿健兴冲冲地跑进来，却没找到正主。

铁浩然回答："少言去补办草药师胸章了。"

"来来来，我和你们商量件事，我问你们，你们想不想今天少言的店铺能有个开门红？"宋海鬼鬼祟祟地凑到几人面前。

江春警惕地看他。

阿风则眯眼问："有开门红当然最好，怎么，你有什么建议？"

宋海挺胸："我有个特别特别好的主意，不过得大家一起来。"

于是，宋海把他的打算如此这般一说。

"当托儿？作假？"

"说起来不好听，但好多生意人都这么做，我们只要小心点……"

"做！当然做！你们有计划了吗？要怎么搞？"

铁浩然看着摩拳擦掌一副要搞事情模样的凉粉二人组，再看看兴奋得口沫横飞的宋海，心想这还真是不是一家人不进一家门。

宋海冲动好玩，凉粉二人组脑子活络爱热闹，江春胆大心细，江冬心细腼腆，师帅心眼多又有点小损招，铁浩然大气沉稳思虑周全。这七个人脑袋凑着脑袋，一个质量未知、效果未知的托戏即将出炉。

第二十九章　易孕丹

戚少言补办草药师胸章很顺利，交了能量币，等了半个小时就拿到了。

大概第一军校能人多——穿着第一军校的校服，外表像戚少言这么年少就能拿到草药师资格的也有几个，所以办事员盯着他看了一会儿也没说什么。

"嗨，学弟，很厉害啊，这么小就拿到初级草药师资格，你是今年草药师学院的新生？"

戚少言刚走出草药师协会驻点大门，身后就追上来一个人。

"你是？"

"我是飞鹰战队的经理李炜，专门负责招人、培训和后勤等。学弟现在有加入战队吗？如果没有，我们战队正好缺少一位草药师，不知你有没有兴趣？"

戚少言正要回答，旁边又冒出一人："学弟你好，你知道天龙战队吗？我们天龙战队在兽城所有大学战队排名榜上排第九十七位，进入了前百强。至于这个飞鹰战队，抱歉，我连听都没听过。我看学弟你眉目俊秀天庭饱满身姿挺拔，浑身仙气缭绕，注定是卓尔不凡的英杰人物。像你这样的人中英杰怎么能屈就百强以外的队伍？来我们天龙战队吧，福利好待遇好。"

飞鹰战队经理冷笑:"你们天龙战队就算进入百强又算得了什么,我们飞鹰战队排名一百零三,离百强触手可及。而且这位学弟如果进入我们飞鹰战队,立刻就能成为正式成员,享有正式成员的所有福利待遇,遇到什么事,我们飞鹰战队也能给他撑腰。可你们呢?你们招的人都是从候补做起吧,候补期过了还得参加队内选拔,队员的私人事务也得不到战队的丝毫帮助,人情冷漠。学弟,你年少,等去了那里,你会发现你只是一个坐冷板凳的!"

"喂!李炜,你什么意思,每次我们招人你都来捣乱,不就是当初我们队长觉得你能力不够没收你吗,需要记恨这么长时间吗?"

"哼!你们那个队长嫉贤妒能任人唯亲,我当初瞎了眼才会去你们那儿报名!而且我们俩到底谁捣乱,明明是我先问这位学弟的,你才是中途跑来捣乱的那个!"

"你又给我们队长泼脏水!明明是你让人绊住我,你这个狡猾的家伙,敢做不敢认!"

"你一边去吧!招人规矩,先来后到懂不懂?谁先到谁先谈,你敢破坏规矩?"

戚少言见两人吵得特别投入和忘我,本来想说点什么,后来只好把嘴巴闭上,悄悄地一步步后退,转身就跑。

"哎呀!草药师跑了!学弟,学弟,你等等我!"

"都怪你!非要来捣乱!学弟,你来就是正式队员,福利待遇什么都好说!"

戚少言跑得更快了。

两位战队经理追人速度不慢,可是途中有人有意无意地阻拦他们,导致他们只能眼睁睁地看着一个草药师跑了。

两个经理互瞪,全都气了个半死。

第一军校能人多,但是草药师资格难考这点谁都知道,外面传言想要进入第一军校和自然大学的草药师学院最差也得是中级草药师学徒，那只是一个噱头。

实际上，草药师学院的毕业要求不过是取得高级草药师学徒资格，很多学生在毕业时都不一定能拿到草药师资格。

也有学生能在上学期间甚至入学前就考到初级草药师资格，但这只是极少部分，这种天才一般都是大家族大组织培养出来的，还没入学就已经被排名前二十的战队给预订和笼络了。

草药师学徒很多，草药师极少，而好的战队都想要草药师加入，不论是为自己的生命和健康，还是为财，草药师的能力一般来说肯定都远远超过学徒。

为了寻找"漏网"的草药师，兽城各大学战队在各个草药师协会驻点都有派人蹲点，学生商业区这里的协会驻点也接受草药师资格考试，不过有固定时间，一年两次，都是在假期。

因此，非资格考试期，守在这个驻点的人很少，比如今天就只有飞鹰战队的经理带着自家的草药师学徒来办事，偶然碰到了来补办资格的戚少言。

李炜当时极度惊喜，可不知是不是他运气不太好，刚发现一个本校的草药师，他还没来得及招揽，就看到对头战队的经理也来了，而对方也看到了戚少言补办草药师胸章的过程。

最后，他虽然找队友拖住了对方，可没能完全拖住，结果鸡飞蛋打了。

李炜为此快把天龙战队恨出了一个窟窿！他们队的高级草药师学徒刚被人挖走，他们正缺人，如果他今天能找到一个真正的草药师，他们队说不定能借此招来几个高手，这样他们就很可能挤入前百强之列。

李炜抓过队友，低声急问："你们看到那个草药师跑去哪里了？"

"看到了。"

"走！"

再说戚少言,他的店铺就在草药一条街上,没多久就跑进了自家店铺。

腼腆的江冬被留下看店,看到戚少言就急忙对他说道:"胸章补办好了吗?他们让你赶紧盖章。"

"哎?这么急干什么?他们人呢?"戚少言莫名其妙,被江冬推着进入柜台,"好了好了,我这就盖章。"

就在戚少言啪啪啪给药瓶药盒盖章时,宋海江春等人正在街上表演他们的托儿大戏。

两个少年经过最热闹的美女芳草阁时,用很大的嗓门说话。

"真的这么有效果?"师帅一脸过度夸张的惊讶表情。

宋海搂住他的肩膀,用力捏:"骗你干什么!是兄弟才告诉你。我跟你说,那个店主原来只是在广场摆摊,知道的人不多,他又是新生不怎么出来,我也是偶然碰到看他叫价便宜又急着要就买了一瓶,结果这效果……啧啧!绝了!后来我又跟他买过几次,昨天听他说今天他的新店在草药一条街开业,所有药物补品全部打八折!但是那人低调……"

"喂!你们两个,偷偷摸摸的是不是有什么好事情?"一名少年扬声追了上来。

"没没没,什么都没有。"宋海苦脸,转头对师帅说,"抢好东西的人来了,那家店开业第一天准备的东西不多,我们走快点!"

铁浩然:……请按剧本表演。

"轰隆!"

"怎么了?发生什么事了?"师帅半捂着脸喊道。

好多人从各个店里跑出来,路上的行人更是直接转头找爆炸声的来源。

"是狂潮草药店!我们快过去看看!就是我刚才说药效特别好的那家!"宋海用更大的嗓门喊道。

戚少言在店里也被吓了一大跳，爆炸声就来自他的店门口。

"戚少言，你给我出来！今天你不加入我们的战队，我们就不让你开店！"

"对！你是我们战队的预定成员，你来考试那天，我们就看中你了，如果你不加入我们战队，我们、我们就在这儿不走了！"

戚少言眼皮直跳，凉粉二人组在干吗？

眼看门口聚集的人越来越多，一名见义勇为的好少年跳了出来："你们干什么！不准欺负店主，我弟弟的命是店主救的，你们谁敢对他不利，就是对我不利！有什么也得先过了我这一关！"

人群中也有人叫："喂，你们这样做太过分了，怎么能因为店主治疗能力强、药物效果好就强行把人定下来，今天我们是来买药的，你们最好识相点把门让开，否则小心犯众怒！"

有人更是直接往店里冲，还边冲边喊："快快快！那个什么等级都能吃的肉饼的原材料这儿就有卖，听说店主只备了一百斤，卖完就没有了，每个人还限购！"

"快让开！"凉粉二人组想挡路，却被冲进来的人冲开了。

戚少言听着那熟悉的嗓音，看着冲进来的铁浩然，再看看江冬羞红的脸和闪躲的眼神，还有什么不明白的？

"见鬼，那个人冲进去了，他不会把好货抢光吧？门口那两个，这是不是你们的阴谋，故意堵住门不让其他人买？兄弟们，跟我上啊！把那两个人赶走，好货不多，手快有手慢无啊！"

宋海一声喊，被他雇来的十来个学生一起大叫着冲向店里。

凉粉二人组发出惊呼，阿风大叫："被识破了，挡不住了！快进去抢！"

呼啦啦，一群学生冲进店中。

"我要三斤木薯粉！"

"我要超级止血药粉！"

"给我来颗易孕丹！"

不大的店堂很快就挤满了人，每个人都扯着嗓门喊叫，硬生生营造出了供不应求的状况。

门外看热闹的人有人看看就走了，但也有人抱着"有人抢的东西一定是好东西"的想法，进入店中，还有些比较理智又有购买欲的，则是抱着"先进去看看"的念头走进店里。

这些持观望态度的人进入店中，感受到那热闹的气氛，顿时购物欲也被小小地刺激了。

尤其戚少言不时喊出"药没有了，想要明天请早"之类的话，引得购物欲不强烈的人也想看看货问问价。

艾青是自然大学的老师，她和丈夫结婚近十年，一直很恩爱，可是眼看她已经过了三十，却仍旧没有怀孕，艾青有点急了，好吧，是十分着急。

早在婚后第三年，她就到处找办法想要怀上孩子，好多偏方灵药都用过了，可到现在肚子也没有动静。

她丈夫安慰她，没孩子没关系，毕竟那么多人都没孩子。

也许是女人的天性吧，过了三十岁后，她对孩子的渴望已经达到日思夜想的地步，偏偏她至今还没有突破到三转二级，如果她无法在接下来的八年内突破到三转四级，那么她的寿命将止于四十岁左右。

艾青不甘，她知道自己资质不好，突破到三转四级的可能性很小，可也就是因为这一点，她希望能生个孩子延续她和她丈夫的生命。

艾青今天早上还为孩子的事跟丈夫吵了一架，丈夫想要收养一个孩子，但她更想要自己的，就没同意。后又被丈夫发现她在服用"私药"，丈夫想要毁掉那些来历不明、安全性也未知的"私药"，她不肯，两人几乎闹僵。

其实艾青自己也感觉出来了，那些私药并没有什么效果，相反对她的身体还有一点害处，她这几天能量运转迟钝了很多。

艾青想要去找那个提供私药的买卖人，问私药到底有什么副作用，就来到了学生商业区。

结果她在广场没找到那个卖私药的学生，问附近的人，别人也都表示对那摊主没印象。

艾青猜测她也许碰到了混进学生商业区的骗子。因为学生商业区经营买卖的都是在校学生，俗话说跑得了和尚跑不了庙，这些学生也许会把一些便宜的东西卖贵，但绝不敢卖假货，除非他不想再继续他的学生生涯。

可能就因为这份信任，来学生商业区买东西的人很多，而有些没良心的骗子就利用人们对学生的信任，冒充学生进入商业区，卖一些假冒伪劣产品，赚一笔就跑。

艾青连番受到打击，不想回家，就漫无目的地在学生商业区乱逛起来。

"易孕丹！我要易孕丹！我给我表姐买！"

"听说这里的易孕丹效果特别好，可惜店主以前都是卖给自己的老乡，别人不知道效果，否则早不知有多少人求上门。"

"易孕丹好贵啊！什么？还有一颗？等等，我回去凑能量币，一定要等等我啊！"

艾青差点被冲出店门的少年撞到，对方丢下一句抱歉，拔腿就跑。

易孕丹吗？她之前也吃过不同的草药师配制的易孕丹或类似药剂，但都没什么效果。

艾青迟疑了三秒，到底抵不住心中渴望，走进了店铺。

有店铺，有草药师印章，这次总不会再碰到骗子了吧？如果价格不贵就买来吃吃看，反正也就那样了。

艾青看有人组织排队，就过去排了。

排队的人很多，但移动的速度很快，因为大多数药剂已经卖完。

到艾青了。

"易孕丹还有吗？怎么卖？"艾青不太抱希望地问。

戚少言已经"卖"出五颗易孕丹，他看了看艾青，觉得对方应该不是托，立刻回答："还有一颗，只要五百能量币。"

"五百一颗？"艾青皱眉，"别人都是五百一瓶，可以连续服用一个月。"

戚少言脸上堆满笑容："东西不一样，有没有效果，你试试就知道。就算最终没有怀上，这丹药对身体也有极好的调养作用，服过后你就能感觉出来，调理效果还是很明显的。"

"真的吗？"艾青已经被骗过太多次，这次不免半信半疑。

戚少言认真点头："我们店今天第一天开业，再胡闹也不可能第一天就砸自己招牌，当然，我们以后也不会！"

艾青想了想，她能在今天走到这里也是缘分，就当撞大运吧，不过五百能量币，她咬咬牙也还是能掏出来的。

"行，给我来一颗。"

戚少言收起沉甸甸的能量币，咧开嘴巴，乐颠颠地递给艾青一个药瓶："保质期一年，请尽快服用。如有不良反应，可随时来找我。"

艾青看看药瓶，见上面有草药师印章，多少放心了点，不管有没有效果，至少吃不死人吧。

第三十章　易孕丹的效果

艾青揣着易孕丹回了家，坐在床头倒出药丸放在掌心上看。

吃还是不吃？要么再等等？

"艾青，你回来了？抱歉，我不该凶你，我只是太担心你了。"

丈夫罗湾的声音突然从身后传来，艾青吓了一跳，她不想让罗湾知道她又乱花能量币买了没用的药，手上的药丸没处藏，她情急之下索性塞嘴里了。

罗湾从后面揽住妻子："你怎么了？别难过，是我不好，没体谅你，如果你不愿意领养那个孩子，那就不领养，你知道的，我以为你想要孩子才会去做这个事。"

艾青受伤的心被治愈了，眼泪顺着眼角流下，靠到丈夫怀里："对不起，我也不该对你发脾气。"

"没事，说开就好，这是我们非自然种的命，有没有孩子只能看老天爷，不能强求，你放宽心，以后就我们俩好好过日子，这世上没孩子的夫妇多得是，难道都不过了吗？"

艾青破涕为笑，翻身抱住丈夫。

数天后，罗湾早上醒来，看看身边熟睡的艾青，手轻轻放在艾青的腹部上，感觉很是幸福。

艾青觉得痒，想要推开丈夫。

可罗湾忽然僵住，过了一会儿他不可置信地摇醒妻子："艾青！艾青！你醒醒！"

艾青睁开蒙眬的眼睛问："亲爱的，你怎么了？"

罗湾的表情似哭又像笑，张嘴几次都没说出话来。

艾青慢慢坐起身："亲爱的？"

罗湾手掌颤抖，声音小小的，就像是怕惊动谁一样："我感觉到了。"

"你感觉到了什么？"艾青心跳慢慢加快。

罗湾眼眶变红："我感觉到了我们的孩子……我感觉到了新的生命，他就在你的腹中！"

艾青猛地掩住嘴，眼泪唰地流下。

大灾变后的人类大约是怀孕太不容易，为了更好地保护好不容易怀上的后代，他们多出了一个能力，一般只要受精卵成活，父亲就会首先有感应，接着就是母亲。

其实母亲能更早感觉到，只是这种感觉太模糊，容易被忽略，但一旦被父亲感应到，这种血脉相连的感觉就会变得特别清晰。

艾青扑到丈夫怀中，放声大哭。

罗湾也彻底红了眼睛，激动得难以自抑。

他们有孩子了！他们终于有孩子了！这是他们自己的血脉！

罗湾恨不得现在就冲出去，把这个好消息告诉所有的亲朋好友，让所有真正关心他、担心他们夫妻的人也为他们好好高兴一番。

另一头，狂潮草药店因为宋海他们的"演出"，第一天就有了六千多能量币的营业额。

这个营业额不算多，但对于一个刚开的草药店来说也不算少了。

黑兔子一开始待在戚少言怀中还待得住，后来看人越来越多，它决定履行保护者的责任，就忍不住跳出来找存在感了。

有一个小小的黑兔子蹲在柜台上做保镖（卖萌），竟然招来了不少

女孩子。

但黑兔子不让人摸,有人敢对它动手动脚,它就敢踢人,特别傲娇,但这样傲娇的小黑兔意外地惹女孩喜欢,很多女孩都来问戚少言黑兔子卖不卖。

戚少言嘿嘿笑,摇头,顺便扔给黑兔子一颗补元丹。

黑兔子本不稀罕,但药丸一入嘴,那表情立刻就不一样了。

"咕叽!你这个坏蛋,你以前到底隐藏了多少?如果你早点显露出你的这些本领,我早就死心塌地跟着你了!"兔吼激动得咕叽叫。

戚少言回:"我早就有这些本事,是你自己没察觉,谁让你三天打鱼两天晒网,在我身边都待不住。"

"好啦好啦!以后我一定守着你,寸步不离!"

"不稀罕!如果不是小幸运不能变得太小,你以为保镖这个职位还能轮到你?"

黑兔子脸皮特别厚地道:"别这样说嘛,以前不是不知道你会发福利嘛。而且我这兔子不适合做保镖,比较适合当打手。你有什么敌人告诉我,大爷去踹他,要么一泡尿把他腐蚀了!"

戚少言无语。

夜海当天来取他母亲的养身丸。

其实夜夫人的身体已经没有大碍,但戚少言考虑到不能让自己的治疗术显得太神奇,就制作了一批药丸出来。

这批药丸并非无效糖丸,而是对恢复能量有很大作用的补元丹。

没错,这种药丸仿照了厨师长提供的三转复能丹。

戚少言和他"无耻"的师父把三转复能丹研究了个透,以戚少言分析感知能力为辅助,制出了效果更好的补元丹。

戚少言饮水不忘挖井人,给夜海补元丹时特意提到了厨师长大人:"这是经过厨师长大人亲自指点的补元丹,效果类同复能丹,但又有不同,不但可以补充能量，还能强固能量脉络。"

夜海担心："经常吃不会产生抗药性吗？"

黑兔子盯着补元丹流口水："蠢货，你不吃全部给我！"

戚少言摇头："以夜夫人的情况，她先吃三粒巩固一下能量脉络，以后可以当作复能丹使用，如果因为修炼过度或者能量使用过度，有能量脉络疼痛等不良症状，也可以服用一粒补元丹。"

夜海表示感谢，小心收起补元丹。这些补元丹的制作费用已经含在治疗费里面，又是夜家提供草药，就不需要再另外付费。

戚少言借此得到大批草药也觉得自己赚了，他因为有无影丝帮忙吸收草药中的有效成分，制作起药剂来比别的草药师节省许多，对原材料的利用率几乎达到了百分之百。

他还把一些不常见的药材种进了他的空间中。

"戚药师，昨天让你见笑，在下有眼不识泰山，还请莫怪！"蒋冰也跟着一起来了，态度跟昨天比起来简直一个天上一个地下，显然是去夜家确认过了。

夜海说话时他就非常自觉地站在一边看草药店里挂出的药牌，等夜海事情办好，他才过来。

戚少言没那么大气性，而且伸手不打笑脸人，蒋冰不管信不信他的医术，对他始终客客气气，于是戚少言也回以微笑："蒋学长也来了，有什么想买的吗？看在夜海学长的面子上，可以给你打折。"

蒋冰点头："我都想买，不过在这之前，我想请你去我家出诊一次。"

戚少言抚摸黑兔子的脑袋，问："你家里谁生病了？"夜海已经告诉他蒋家生病的人是蒋冰的爷爷，但说不定蒋冰提的不是呢。

"我爷爷。他的情况和夜夫人类似，又有点不同，他得了绝症之——能量脉络萎缩症。我们曾经请了很多草药师和治疗者，但都没有什么效果。"

"知道病因吗？"

蒋冰摇头，苦笑："如果知道病因就好了，就是不知道病因，才始终无法根治，之前我们也请过被誉为草药师之王的王大药师，他倒是让我爷爷恢复了一些，可是没多久就又萎缩回去，情况还更严重了。之后我们再请王大药师，王大药师就说他也没办法。我们还请过厨师长大人，但厨师长大人事情多，始终没有请到。"

"治疗者呢？"戚少言下意识觉得有治疗能力的人都很厉害。

蒋冰再次摇头："能量脉络萎缩症有一个特点，就是治疗者也拿它没办法，这就像治疗者无法复原符纹结晶一样。"

戚少言看到夜海祈求的眼神，也没拿乔，点头道："行，你爷爷现在有时间吗？如果有，等会儿我关了店门，我们就过去。"

蒋冰大喜："谢谢！太谢谢了！有空，我爷爷有空，我这就联系他老人家！"

第三十一章　能量脉络萎缩症

蒋冰用符纹联络器跟他爷爷蒋老联系时，蒋老正在和老友下棋。

"……那就请他过来吧，礼貌点，不要得罪人。"蒋老同意了孙子的请求。

郑老把玩着棋子，笑道："你孙子又给你找药师了？"

蒋老无奈地道："是啊，小孩子的一片孝心，不答应也不好。其实我这病就是绝症，根本治不好，就他们那帮小的爱折腾！"

郑老啧啧："你就别炫耀了，别人想要这么孝顺的小辈都没有呢！不过你们家现在这个情况，也怪不得他们急。明年兽城换城主，长老会成员肯定也会跟着换一部分。从长老会退下来的长老三分之一投靠到鼠王那边，还有三分之一支持狮百战，剩下的三分之一态度不明朗。你不仅态度不明朗，还有病，明年等新城主上任，只要说体恤你的身体，你就不得不从长老会退下来。而你们家，除了你的位置比较高，其他人……"

郑老摇摇头又道："你孙子蒋冰不错，可是上面没人支持，如果他本身无法突破到三转四级的话，成就和发展也有限。"

蒋老又何尝不知道自家情况，但他能力有限，想改变也无能为力，只能叹息："儿孙自有儿孙福，我能撑多久就撑多久，剩下的就靠他们自己了。"

郑老搁下棋子："你还能撑多久？能量脉络萎缩症会导致你吸入的

能量越来越少，而吸收的能量不足，则会造成符纹结晶等级倒退，你现在已经退到三转一级，一旦掉落三转，你顶多还能支持半年。也许不需要新城主上位请你滚蛋，你就先嗝屁了。"

蒋老佯怒，拍棋盘道："你今天是故意来触我霉头的是吧！"

"不是啊，我是来给我孙女说亲的，我看中你们家蒋冰了。怎么样，让他们两个小孩处处？"郑老飞快地抓起棋盘边的茶杯，说道。

蒋老沉默，过了一会儿说道："我知道你是好意，但……没必要。两个小的以前也不是没接触过，也没看到他们有什么意思。以后，你能稍微照看一点……"

"这事你不说我也会做到。好了，不谈这些不开心的事情了，我们先把这盘棋下完。狮百战和鼠王，你支持谁？"

"鼠王鼠王，其司马昭之心路人皆知，让他坐上城主之位，只怕兽城以后就要变成帝王制了。"

"这么说你看中的是狮百战？"

"其他竞争者确实还差一点火候，但狮百战也有个最大的缺陷，他太懒！这次竞选大多数时候是他夫人出面，他从头到尾也就露过两次面。如果让狮百战坐上城主之位，恐怕日后掌权的不是他，而是他夫人狮星空。"

"你不喜欢女人掌权？"

蒋老没吭声。

郑老在心里笑笑。老友人品正直，但在某些方面十分固执和偏激，比如他讨厌帝制，讨厌女性执政。

蒋老的第一个妻子据说就是受不了他对女人的轻视而离开他的。

两个老人一盘棋没下完，蒋冰就带着夜海和戚少言到了。

三个孩子向两个老人行礼，两老都客客气气的。两老都认识夜海，蒋老得知夜夫人痊愈，还特地联系了夜将军，确定了此事，如果不是这样，蒋冰也不会跑去请戚少言。

"你就是治好夜夫人绝症的小神医吧？来，快请坐！"蒋老很热情地招呼戚少言。

"蒋老叫我名字就好。"戚少言笑着回，他一进来就观察了两个老人，最后把目光锁定在蒋老身上。

蒋老清瘦，面容苍老，精神气看着不错，但这只是表面现象。

"蒋老介不介意让我把个脉？"戚少言上来就道。

"好，你帮我看看吧，别有压力。"蒋老见少年干脆，丝毫没有套交情的意思，不由得流露出一丝欣赏之色，他这种年纪和地位的人最喜欢的就是肯做实事的人。

戚少言将手指搭在蒋老脉门上。

段神医教过他把脉，只是大灾变后人类身体里多了一个符纹能量体系，如果是该体系出问题，光把脉可把不出来。

戚少言为累积经验，先用把脉的方式，心里有数后再用无影丝探查蒋老体内。

他先是用无影丝查看蒋老的符纹结晶，符纹结晶并没有太大问题，只是因为能量供应不足在退化。

之后他开始仔细检查能量脉络，并用无影丝给萎缩的能量脉络输入能量刺激其恢复。

可不到一会儿，稍微恢复了一点点的能量脉络在某种神秘物质的影响下又开始萎缩。

这就像有人刚给缺水的花儿浇了水，可立马就有人拿着火炉炙烤花儿。

戚少言用无影丝吸取了一点神秘物质。

蒋老等人全都盯着少年，少年手指搭在老人脉门上半天没有挪动，眼睛半闭像是在思考又像是在发呆。

没人敢打搅他。

"爸！我听阿姨说，蒋冰给你找了个药师？蒋冰也真是的，听风就是雨，随随便便就把人往家里领，如果对方不安好心……"

"闭嘴！"

蒋老怒喝。

进入花园的人不甘不愿地闭嘴。

蒋冰对来人点点头，就算打过招呼。

看起来才三十出头的蒋卢斯面色难看，他是蒋老唯一的亲生儿子，蒋冰不过是蒋卢斯抱来的同族孤儿，可蒋老对蒋冰的重视程度远远超过蒋卢斯。

蒋冰名义上是蒋卢斯的儿子，可他们父子关系向来很差。

不过蒋卢斯再不喜欢蒋冰，对外也会装出一个父亲该有的样子。蒋老喜欢家庭和美、家人团结，最讨厌搅得家庭不安的人和事，所以家中众人不管心里怎么想、家里怎么闹，有什么事时也都会一致对外。

戚少言睁开眼睛。

蒋老立刻道："抱歉，是不是吵到你了？要不我们换个地方？"

戚少言摇头，没看蒋卢斯，只对蒋老说道："您的情况我基本已经清楚，能量脉络萎缩症听起来可怕，但只要找到病因，解决了就能恢复。"

蒋卢斯忍不住嗤笑："你说的谁不明白，问题是要能找出病因来！"

"卢斯，回你房里！"蒋老怒。

蒋卢斯不愿意："爸，我担心你，我还是留在这儿看着吧，真有什么，多个人也多个帮手。"

蒋老虽然对儿子意见多多，但在外人面前他也不想真的把儿子的面子里子都扒了，就又对戚少言抱歉地笑了笑："抱歉啊，少言，我儿子他就是嘴坏，人其实还行。"

蒋冰不置可否，夜海低头看脚面。

郑老笑而不语。

戚少言摆出一副"我很专心，任你东西南北风都休想影响到我"的模样，回复蒋老："我需要一点您的血来做检测。"

蒋老点头："可以。"

"我需要一个安静、干净的环境，不能有人打扰。"

"可以，马上就给你准备。"

戚少言取出针管，抽了一点蒋老的血，他并不需要检测血液，做这个只是为了给无影丝打掩护。

蒋卢斯看少年一本正经忙碌的模样，嘴角勾起嘲讽的笑。

蒋冰绕过他，把戚少言请入一间静室。

戚少言拿到血液也没浪费，用无影丝探入其中，寻找血液中是否也有那种神秘物质。

探查结果是蒋老的血液中虽然也有那种神秘物质存在，但量极少，如果不是他有无影丝，对能量波动又特别敏感，这点量几乎察觉不到。

戚少言从静室出来，要求再次给蒋老进行一次检查。

蒋卢斯翻脸了："我爸身体不好，你小子这样来回折腾是什么意思？如果没那个金刚钻就别揽瓷器活！"

"父亲，看病诊断都是这样，请你耐心一点好吗？"蒋冰开口了。

蒋老也露出疲累之色："卢斯，你老实待在一边，我没让你开口，你就给我闭紧你的嘴巴。"

这个儿子性格别扭，张口就得罪人，如果不是不放心这个儿子，他也不会硬撑到现在！

蒋卢斯不服，他就是要挑戚少言的刺，他不相信这么一个小孩子能看好药师之王都看不好的绝症。

蒋老再次抱歉地看向戚少言："小友，让你见笑了，这个儿子我没教好。"

"爸！"蒋卢斯抗议。

戚少言坐到蒋老身边，不在意地说道："没事，我能理解，他可能压力过大脾气暴躁。"

蒋老迅速岔开话题："小友，你慢慢来，不要受影响。刚才的血液检测，你看出什么了吗？"

戚少言点头："您身体中有一种物质，姑且说它是毒素吧，这种毒素正在慢慢腐蚀你的能量脉络。血液中有，但很少，我需要找到源头在哪里。"

蒋老等人一听，全都精神一振。

当初王大师也曾说过同样的话，但他后来表示他没有办法去除这种物质，也无法提炼出来，只能让蒋老自己想办法找到源头，比如中毒的地点和吃了什么东西等等。

郑老眼中闪过一道精光，看不出来这小子真的有两把刷子，就是不知道这真是他自己检查出来的，还是听说的……

蒋老的想法也差不多，但他不动声色，只问戚少言还需要做哪些检查。

戚少言表示："我需要对您做一个彻底检查，需要的时间可能比较长，其间绝不能受到任何打扰。"

蒋老微微一顿。

蒋冰立刻道："我可以进去帮忙吗？我绝不会影响你。"

戚少言也知道这些人不相信他，更不会让他和蒋老独处，就同意了。

蒋卢斯也想进去，被蒋冰和蒋老共同拒绝，蒋卢斯气得摔门而出。

第三十二章　治好蒋老

静室中，戚少言把无影丝探入蒋老身体内，先从血液开始探查，发现血液中散布的那种毒素很均匀也很少。

随后骨骼、筋络、神经……一一仔细探查。

这是一个非常细致烦琐的活，如果他没有之前给一百多只混血小犀牛治病的经验，这次他恐怕要把检查分成数天来做。

可以说混血小犀牛的病症就是一座难以翻越的高岭，但等你真的翻越过去，并且接连翻越一百多座，后面你再看到同样的高山也不会觉得它很可怕了。

为了隐藏无影丝，戚少言在检查时，手指一直在蒋老身上移动。

蒋冰不知道戚少言在做什么，但看他神情那么严肃认真，到后来额头上的汗水密密麻麻，也跟着紧张起来了。

蒋老也不是毫无所觉，有时候戚少言为了让那种毒素变得明显，会刺激他的能量脉络，如此蒋老就能感觉出自己体内发生了一定变化。

戚少言一边检查一边用无影丝吸收那种毒素，可是那毒素竟然可以再生，他这边吸收干净了，那边就又出现，而且像是凭空出现一般。

看来还是得找到源头才行。

戚少言一路查到了蒋老的头部，随后他发现蒋老头部那种毒素最多，但有意思的是，毒素最多的地方不是脑内，而是头皮。

戚少言停止检查，抬头看向蒋老。

蒋老自觉身体情况要比之前好很多，脸上的笑容也真诚热情许多。

"不愧是夜家称赞不已的小神医，你这治疗术了得！"蒋老竖起大拇指。

蒋冰欢喜，立刻问："爷爷，您是不是感觉好一些了？"

"好很多，比当初王大师给我治疗后的感觉还要好。"蒋老喜滋滋地说。

谁想，戚少言却摇了摇头："我刚才也只是减轻您的症状，病根并没有去除。"

蒋老和蒋冰闻言色变。

蒋老活得久见得多，很快就调整好情绪，脸上仍旧带着笑容说道："这样已经很好了，我能理解，你已经尽力。小冰，等下……"

"慢！蒋老您是不是误会什么了？"戚少言轻笑，"我对您的检查还没有结束。但我差不多已经找到毒素的源头在哪里，我现在只是休息一下，等下好一鼓作气把源头去除。"

蒋冰和蒋老惊讶不已。

蒋老猛地大笑："哈哈！我还说不会小瞧你，结果还是小瞧了，请莫怪。少言啊，你蒋爷爷我的毒素源头在哪里？"

戚少言摇手，表示不介意："如果我没有弄错，应该就在您的头皮上。"

"头皮？"蒋冰看向祖父那花白的头发。

蒋老的头发不算茂密，头发很细，剪得很短。

蒋老一听毒素源头竟在自己头皮上，忍不住抬手挠了挠发根，但刚挠完就后悔了，看着自己的手指像看到某种绝命毒药一般。

戚少言不再多话，刚才那番检查对他消耗不小，他这会儿直接掏出一枚符纹结晶开始吸收能量恢复。

蒋老看到他疲累的模样，小声跟蒋冰说了几句话。

蒋冰会意，转身出门。

从静室出来，蒋冰脚步一顿。蒋家人能来的全来了，客厅里坐得满满的。

看到蒋冰出来，蒋老一位族弟就张口问道："小冰啊，你爷爷怎么样了？"

蒋家其他人也全都看着蒋冰。

蒋冰脸上露出欢喜的笑容："爷爷很好，如今治疗还在进行中，大家不要进去打扰。"

"那你出来干什么？"蒋卢斯不客气地问。

蒋冰看夜海和郑老都还在，对两人点头致意，然后才回答蒋卢斯的问题："爷爷让我出来拿点东西。"

"拿什么？"蒋卢斯问。

这次蒋冰没回答，直接上楼进了蒋老的房间。

蒋卢斯不忿，被旁边的族兄拉了下手臂。

蒋冰提着一篮子物品进入静室。

恰好戚少言也恢复得差不多了。

蒋老示意蒋冰把篮子里的东西拿出来："少言，给你蒋爷爷看看，这些都是我平时用的洗发水、按摩头皮膏一类的东西。"

戚少言也对蒋老头皮中那种毒素的来源很好奇，就把篮子里的东西一一打开检查。

"没有，这些用品都很正常。"很快，戚少言就得出结论。

蒋老不解："这些东西正常？我经常洗头，那怎么还会有毒素留在头皮中？而且这么长时间都没有去除。"

"我有所猜测，先让我检查一下再说。"戚少言示意蒋老躺好，他则在蒋老头部一侧放了张椅子坐下。

蒋冰好奇，也跟了过来。

蒋老连忙说:"你别过来,小心传染你。"

蒋冰摇头,笑道:"爷爷,你别担心了。如果你头皮上的毒素能传染,那家里人早就都被传染了。"

蒋老一拍脑门:"看我!真是年纪大就糊涂了。"

戚少言用无影丝检查了几处头皮,吸收了一点毒素进行感知分析,随后他脸上露出了笑容。

"如何?"蒋冰看他笑,心里顿时松了口气,忙不迭地问道。

戚少言赞叹:"真是想不到,竟是这种毒素。"

蒋老和蒋冰都忍不住,一起催他:"少言你就少吊我们胃口了,到底是哪种毒素?"

戚少言找到原因,也有心情解释了:"严格说起来这并不算是毒素,而是一种真菌。就像造成头皮发痒、头皮屑过多的某种真菌一样,这种寄生真菌附着在蒋老头皮上,以吸收蒋老的能量为食,如果只是这样还好,但这种寄生真菌会不断释放孢子,这种孢子极微小,可以通过皮肤毛孔进入人体,然后到处乱钻,同样喜欢吸收能量,尤其喜欢附着在能量脉络上。

"虽然这种孢子也会死亡,但因为蒋老头皮上的真菌母体没有去除,这种孢子就在蒋老身体里累积得越来越多,最后导致您的能量脉络自我愈合的速度赶不上它们吞噬破坏的速度,于是就出现了能量脉络萎缩症。"

蒋老、蒋冰都知道真菌,大灾变前的科学知识虽然遗失了不少,但随着近些年对遗迹的大力挖掘,以及科学院保留的那些星火传承,常识性的知识体系仍旧保留了下来,学校也都有普及课程。

戚少言之前在图书馆接触过这些知识,但真正掌握还是跟了段神医以后。

段神医知识很丰富,对唯一弟子的教学也不仅仅限于草药学和岐黄之术，只要是相关的病理知识他都会解说给弟子听。

蒋老一听源头找到了，整个人的精神气都不一样："那么这种真菌要如何去除？"

只要是生命体，戚少言的无影丝都能去除。真菌虽然不是植物也不是动物，但说起来依然是生命体，其生命能量被吸收后，最后也逃不过一个死。

戚少言想了想回答道："我试试看能不能杀死这种真菌。如果不行，再另外配药。"

蒋冰本来想说连王大师都无法彻底杀死这种真菌，你又能有什么方法，但想到王大师没能找到病根源头，戚少言却找到了，而且他爷爷之前也说身体舒服许多，也许戚少言真的能杀死他爷爷体内的真菌孢子，也能杀死真菌母体。

蒋老担心的却是另外一件事："既然是真菌，那么会不会传染？"

戚少言看向蒋冰："有可能，如果你们需要的话，我可以帮你们全家都做一个检查。不过也不用担心，真菌虽然有一定传染性，但也没有那么可怕。而且我还有个猜测……这点等我杀死蒋老身上的真菌母体，给大家检查完以后再说吧。"

杀死真菌母体和真菌孢子的过程很简单也很容易。

蒋老听说自己身上的真菌已经全部被杀死，立刻迫不及待地站起来冲进了浴室。

自从听戚少言说他身体里全是真菌孢子，而他头皮上的真菌母体还在不断释放孢子，弄得他全身都是，他就忍不住了。

等蒋老冲洗干净出来，戚少言已经给蒋家人做完了检查，就连郑老和夜海也凑了个热闹。

"恭喜，其他人都没有感染这种真菌，所以大家都不用担心了。"

戚少言的宣布让蒋家人发出一阵欢呼声，最看不上戚少言的蒋卢斯更是偷偷松了一大口气。

"老蒋，你真的全恢复了？"郑老替老友高兴。

蒋老满面喜悦地点头，刚才洗澡时他顺便多次运转符纹能量，虽然还有点凝涩，但比之前要好太多。

郑老似乎有话要说，但看这里这么多人又忍住了。

蒋老察觉到郑老神色不对，用眼神问他。

郑老表示有话等会儿说。

蒋卢斯在一旁撇嘴，阴阳怪气地说："上次王大师来看，我爸也好了一段时间，到底行不行，我看至少还得等十天半个月。"

"别胡说！"蒋老喝止独子。王大师当时给他看病的感觉，和戚少言给他治疗后的感觉，他自己最清楚区别在哪里。

"爸，我也是为你好，如果他拿了报酬跑了，到时候你的病情复发，我们找谁？"

戚少言不在意地笑笑："那就等等好了，我不急着要报酬。"

蒋老的老脸立刻涨得通红，怒瞪儿子："你给我滚一边去，不懂就别乱说！"

蒋老又赶紧对戚少言赔礼："抱歉啊少言，卢斯被我宠坏了，说话不过脑子，我知道我的情况很好，之前我是看完后情况还好，然后能量运转会一点点变得凝涩，现在则是情况相反，一开始还有点凝涩，但随着时间慢慢过去，我感觉能量运转越来越顺畅。"

戚少言点头："符纹能力者体内的能量脉络都有自我修复的能力，您老体内吞噬能量、破坏能量脉络的真菌没有了，能量脉络的自我修复能力也就能起作用，如果您想早点好起来，每天适当地吸收一定能量，就能刺激能量脉络更快修复。"

戚少言本来可以把蒋老的能量脉络全部修复好，但蒋卢斯真的太讨厌了，别看蒋老对蒋卢斯训得凶，但实际上并没有惩罚他。

蒋老是他什么人？他只是来治病的，如今他已经把蒋老的病治好，何必再做多余的事情？

蒋老再次赔笑，问戚少言："我记得你之前说有个推测。"

戚少言看看客厅内的蒋家人："哦，你说那个啊，之前我还不敢确定，但在检查完其他人后，我可以很肯定地告诉您，那种真菌需要菌母才能形成一个群落，但菌母离得远了真菌也活不了。所以其他人就算偶尔被真菌感染，但他们不是时刻待在您老身旁，离远了，身上的真菌和孢子就都死了。而菌母我只在您身上发现，至于这个菌母到底是怎么来的，我就不知道了。"

"哎呀！"蒋卢斯突然大叫一声。

等大家的目光都聚集在他身上后，蒋卢斯对着一脸不满的蒋老说道："爸，我想起来了，您那位前妻不就是专门种植蘑菇的吗？据说她还具有菇类特征。您感染的不是毒，而是真菌，这会不会跟您那位前妻有关啊？"

"够了！你给我闭嘴！"蒋老脸色突变，大喝。

郑老叹息，知道这事的人不多，他本来想在人后提醒老友，结果蒋卢斯竟然不管不顾地当着这么多人的面就喊出来了。

蒋卢斯不肯闭嘴，哇啦哇啦跟他爹吵，说什么要找蒋老那个前妻算账，又说他身体不好也跟那女人有关，最后又扯到他母亲。

蒋家其他人也是说什么的都有。

蒋老忍不住发怒，要上前揍儿子。

眼看蒋家一片混乱，戚少言翻了个白眼，转身走出蒋家大厅。

蒋冰和夜海看到，连忙追了出来。

第三十三章　组建战队计划

"抱歉，让你看笑话了。"蒋冰向戚少言道歉。

戚少言摆手："没事，只要报酬不忘就行，五万能量币加三枚三转符纹结晶，你们可以等半个月再付。"

蒋冰不好意思道："不用不用，我这就付给你。"

蒋冰当下就掏出一张不记名的能量币卡和三枚三转二级的符纹结晶，双手递给戚少言："这些是第一笔报酬，等过两日我们会另有谢礼送上。我父亲他性格有点怪，请你不要放在心上。"

戚少言压根不指望日后的谢礼，见蒋冰爽快，也就大度地挥挥手，表示他一点都不在意。

蒋冰付完报酬后并没有离去，而是带着一脸难以言说的表情道："关于我爷爷感染真菌的事情……"

戚少言明白他的意思："放心，病人的隐私我不会透露。这是草药师一开始跟着老师学习的时候就会学的道理。"

蒋冰尴尬，摸摸鼻子道："谢谢。这件事毕竟牵扯到我爷爷和那位奶奶的私事，虽说这事也不算是什么秘密。"这件事他们那个阶层的人差不多都知道，毕竟当年蒋老的事也闹得不大不小。

蒋冰和夜海把戚少言送到学校，蒋冰担心他爷爷又匆忙赶回去。

夜海留下，对戚少言挤挤眼睛道："你是不是很想知道蒋家当年发生了什么事？"

戚少言一本正经道："我不是那么八卦的人，但如果你想说，我也不会阻止你。"

夜海大笑，看周围无人，和戚少言边走边说："这事确实也不是什么秘密，否则我也不敢说。我觉得你了解一下也好，免得得罪人都不知道得罪了谁。"

"得罪人？你是说我治好了蒋老会得罪让他感染真菌的人？"

"很有可能。在传言中，蒋老的前妻是个很小心眼的人。"

戚少言皱眉，因为治疗病患而得罪病患的仇人这种事情在草药师和治疗者身上发生过不少，所以厉害的草药师和治疗者身边都会有很多保护者，为的就是预防各种意外发生。

夜海跟戚少言说了蒋家的事。

蒋老年轻时很优秀没错，但对家庭并不是很负责任。虽说大灾变后没有婚姻法，但因为大灾变后女性较少，大多数地方都延续了一夫一妻制，哪怕两百多年后的今天，认同一夫一妻制的人还是大多数。蒋老结婚多年没有孩子，某天他突然抱了一个孩子回来，说是他在野外捡到的，孩子的父母已经被异兽杀死。

蒋老的原配叫孟兰，是个植物种和兽种的混血儿，非常难得，正如蒋卢斯所说，她善于种植菇类，是植物系符纹能力者。

孟兰一开始对孩子很好，把他视如己出，可是等孩子稍微长开一点，她发现孩子的眼睛、鼻子等部位看起来特别像蒋老。

蒋老说这表示孩子跟他有缘。

孟兰不信，她怀疑蒋老在外面和别的女人生育了这个孩子，于是她偷偷地为丈夫和孩子做了血脉测试，结果发现这个孩子，也就是蒋卢斯果然是蒋老的亲生儿子。

孟兰于是质问蒋老，蒋老见妻子暗中做了检测，反而恼羞成怒。

夫妻两人关系降至冰点。

据说后来孟兰跟踪蒋老，发现了蒋卢斯的母亲。

而蒋卢斯的母亲竟然是一个自然种，孟兰痛恨那个女人勾引了自己丈夫，要对她下杀手。

所幸蒋老及时赶到，蒋卢斯母亲也哀求孟兰，说自己并不是自愿，她是被某组织抓住后贩卖，被蒋老买下，之后被迫为蒋老产子。

孟兰听后暴怒，痛斥蒋老。

蒋老和孟兰就此闹翻，孟兰离家出走。

孟兰走后，蒋老把那个女子带回家，和她成了婚。但那女子也不知是身体不好还是心理压力太大——当时有很多人指责她插足别人婚姻，说她破坏别人夫妻感情等等，没多久就去世了。

之后蒋老没有再娶妻，一手带大了蒋卢斯。

大概是因为没有母亲，又是私生子，蒋老也不算是多合格的父亲，蒋卢斯的性格从小就有点扭曲。

更糟糕的是，蒋卢斯成年后结婚，同样是婚后多年没有孩子，他的妻子据说在蒋家感受到莫大压力，觉得蒋老和蒋卢斯只把女人当生育工具，和蒋卢斯大闹一场后，离开了蒋家。

蒋卢斯的妻子家族的地位不低，当年她闹开的时候，她的娘家在背后支持她，蒋家人也不敢对她怎样。

这么一闹，蒋家男子的名声也臭了，再婚娶妻很不容易，蒋卢斯在妻子离开后也一直单身。

而蒋冰的来历也很可疑，不过蒋老说是从蒋家族人那里抱来的，大家也都默认了。

"蒋卢斯和蒋冰名为父子，感情却很不好，蒋冰算是蒋老带大的，和蒋老感情很深。蒋老一生什么都好，忧族忧民、顾全大局、做事公正，但是在个人生活方面留下了极大污点，不过像蒋老这样的事情，大家族中并不少,为了生育后代,有的买个自然种生孩子,有的一夫多妻,原配也不好说什么。"

夜海觉得他们夜家已经算是单纯的了,其实他的来历也是夜将军的污点,只不过夜夫人心善,而且他的出生也确实是巧合,和外遇无关。但关于他的来历外界仍旧有各种传言,夜将军的政敌也经常利用这点抹黑夜将军。

戚少言听说蒋老婚内出轨,而且买了一个自然种,就为了生育自己后代时,对蒋老的印象差到了最低点。

"我应该先打听一下病人是什么人、为什么生病再出手。"戚少言恨声道。

"你说什么?"夜海想自己的事,没听清。

戚少言勉强笑笑:"没什么,我只是没想到蒋老那样的人也会为了后代去迫害自然种。"

"谈不上迫害吧。"夜海耸肩道,"外面专门抓捕自然种卖给人生孩子的组织不少,蒋老最后娶了那名女子,而不只是让她生孩子,已经算不错的了。我听说有些自然种被抓住后就不断生孩子,最多的能生十几个。"

戚少言握拳,脖颈处青筋暴起。

"生气了?我也觉得这些人很可怜……听说还有人专门捕杀自然种,因为他们认为就是有自然种存在,非自然种才会有那么多基因缺陷。"夜海拍拍少年的肩膀道,"算了,不说自然种了。我家里的事已经忙完,原来的战队也退了,从今天开始我就跟着你混了!"

戚少言苦笑:"喂,老兄,你不是说真的吧?"

夜海正色道:"真得不能再真。对了,我哥让我问你,能不能请你去他那儿一趟,他那里有不少受伤的士兵,很多人都是能量脉络受损。"

"行,我明天下午没课,你中午过后到我店里找我。平时你没事的话也可以去我店里。"戚少言店里缺人手，出诊时只能让黑兔子看店。

"那我们组一个战队吧，这样很多事操作起来也比较方便，你行医还能赚学分。"夜海提议。

"啊？行医还能赚学分？"

"只要是学校发布的任务就行。另外，商业区有任务大厅，那里的任务除了学校发布的，还有社会发布的，那些任务都被学校筛选过，完成就能得学分。里面有不少是求医求药的。"

"这敢情好啊，省得我还要等待病患一个个上门。"戚少言觉着身边多一个经验丰富的学长也挺好，夜海在他身边帮他，他可以少走不少弯路、少遇一些危险。尤其夜海的身份让他对兽城高层也多了一些了解，这对他来说可是十分宝贵的资源。

"我有几个朋友，他们之前就邀请了我，我答应过他们，如果我要组建战队会先考虑他们。"戚少言对夜海说道。

夜海笑道："你说的是江春江冬两兄弟和二年级的周行风及阿健对吧？这样更好，本来学校就要求战队至少五人以上，我还想着如果你没人，我就找几个独行侠挂个名。"

组建战队是大事，戚少言用符纹联络器给江春他们发了信息，请他们第二天中午到草药店聚会详谈。

天色已晚，戚少言直接回了店铺，他秘密多，留在宿舍并不适合，正好店铺里收拾出了一个休息间，他可以光明正大地留在店铺里。

别看休息间小，在他能利用本身空间的情况下，休息间也就是个掩人耳目的存在。

夜海本想留下，但戚少言说晚上有兔吼保护，夜海也需要休息，他这才回了宿舍。

"如果要组建战队，那么最好有一个战队活动地点，你这个草药店可以利用起来，但还是太小，我明天找人问问，看能不能在店后面加一个仓库。"夜海虽然说找人问，其实心中已有了打算。

　　自从戚少言把夜夫人治好，夜海就有了保护戚少言的想法，更何况他哥和他爸妈都同意。因此，他在带蒋冰来之前，已经把草药店周围的势力打探了一遍，以他的身份和在学校的地位，打探这些很容易。

　　店铺后面都是仓库区，有需要的话，可以在店后加一个仓库，仓库大小不同租金也不同。

　　很多租赁店铺的人都会再加租一个仓库。但原本租赁这个草药店的战队拥有一名空间能力者，为了省钱，就没有租用仓库，而这个草药店也不是他们战队的活动地点。

　　戚少言还是第一次听说店后面可以加仓库。

　　"很多战队都拿仓库当活动地点，别看是仓库，只要付得起能量币，仓库也可以升级。明天等你看到实体就知道是怎么回事。"夜海卖了一个小小的关子。他打算用个人名义买一个高级仓库送给他们将要组建的战队。

第三十四章　可放大缩小的活动房

次日。

听说戚少言终于要组建战队，江春江冬两兄弟和凉粉二人组都来了。

宋海和凉粉二人组接触后"臭味相投"，从夜海那儿知道组建战队的事也跟着来了。

宋海一来，就扯着嗓子嚷嚷："我说少言，你也太不够义气了，你组建战队怎么不找我啊。"

戚少言呵呵一笑："你也没说你要加入战队，我以为你已经有目标，我们这个连级别都还没有的小战队哪敢请你。"

"没有级别没关系，本大师加入后，炼制出几个符纹武器，保证战队的等级和排名都唰唰唰往上升！"宋海叉腰昂首口出狂言。

宋海没说的是，他已经去学校那些数一数二的战队报过名，可别看他是符纹学院新生第一名，在那些排名前十的战队面前，他和小鸡崽没什么区别。

对这些战队来说，新生第一名每年都有，每个学院都有，第一军校有好多个，根本不稀奇，而且新生第一只代表入学时的能力，入学后天才泯然众人的多得是。

他也试过接触排名前一百的其他战队，但是好的战队除非特别缺人，否则新生都是预备队员，福利待遇和正式队员不能相比。

虽说符纹武器炼制师很厉害,在现今也很吃香,但那是炼制师。在成为炼制师之前,符纹武器炼制学徒成把抓,想要升级成炼制师需要大量材料进行练习,一般战队能培养一个就算不错了。

而能给他正式队员待遇的战队他又看不上,拖来拖去,宋海也不再好高骛远,打算找个有眼缘、待着舒服、能供应他练习材料的战队。

正好凉粉二人组也想组建战队,他们能力一般,对于宋海这个符纹学院新生第一名很是追捧,宋海被两人捧得心花怒放,当即决定和两人组战队。他们还准备继续游说戚少言呢,结果就收到了戚少言的组建战队邀请。

戚少言对宋海倒也欢迎,这人的个性和说话方式虽然夸张了点,但性格直爽大方不记仇,很容易相处,且实力应该也不错。

几个人围着店里的小圆桌团团坐。

戚少言站在门口探头看了看。

"你在等谁?等客人上门?"江春扬声问。

"我在等夜海学长,他说去弄什么仓库,马上就来。"

说夜海,夜海就到了。

夜海带来了几名工程学院和符纹学院的学生:"仓库弄来了,等下就装好。这几位都是来施工的同学。"

几名戴着四年级胸章的学长对戚少言几个摆手打招呼:"嗨,小家伙们,早上好,稍等半个小时,你们就将拥有一个完美的活动房啦!"

"呃?"戚少言看着几名学长大模大样地进来了,只能看夜海。

夜海拍拍他:"不用管他们,我们开会,他们搞他们的。"

话虽如此,包括戚少言在内,没一个人能坐得下来,全都围过去看几名学长装活动房。

凉粉二人组已经上二年级,自然知道这个活动房的价值,当场就既羡慕又快乐地蹦跶:"太好了!我们战队的聚会地点也有了,以后这里还能当仓库，必要时留在里面睡觉都没问题。听说有些高级活动房可以折叠起来放到大型空间储物工具里，到野外时，只要把它拿出来拼装起来，就是个安稳、舒适的休息屋。"

一名正在给草药店装后门的学长回头："这个可不是只能折叠的便宜货，这个活动房是新出的，可以放大可以缩小，缩小后只有半个立方米大小，放大的话却足有两百立方米。这可是工程和符纹的智慧结合！这种可放大可缩小的活动房最棒的就是有些物品可以跟着一起放大缩小，再也不用像折叠房一样，折叠前先要把里面的东西都拿出来。不能放大缩小的东西有清单，你们平时注意不要放进去就行。"

"哇！"众人惊叹。

"这个活动房一定很贵吧？"江春吐舌头。

凉粉二人组默默点头。

另一名学长笑着道："也还好，就二十万能量币。这还是夜海有面子才能拿到这么低的价格，平时买的话至少要三十五万。"

戚少言几个人听完腿一软。二十万能量币是"也还好"！

戚少言想哭，他看了两个绝症病人才收了十万，如果不是还有几枚三转的符纹结晶，那根本没得比。

戚少言不知道，夜家和蒋家都因为他的"开价便宜疗效好"而对他大加称赞。

草药店原本没有后门，但经过学长们一捣鼓，一个后门出现了，打开后门，就是活动房兼仓库。

活动房分两层，上层为休息间，下层为多功能厅，上下加起来共有两百平方米。

学长们告诉大家，房子里有一些活动隔板，可以自由地隔出隔间。只有下水管道为固定配制，平时在商业区时，活动房的下水管道可以和街道里的下水道相连。在野外，可以通过符纹进行处理，也可以挖个坑排进去。

"想要缩小带走很容易,看到没有,这里有两个按钮,分别为放大和缩小,把缩小按钮按下去就可以。不过在和草药店脱离前,先把后门上的这个脱离按钮按一下。如果是回装的话,你们记得把缩小的活动房凸出部分扣在门背后一个卡子上,像这样,然后关上门,再按一下结合按钮,一分钟后打开后门,一切就都恢复原样了。好了,大家懂得怎么用了吗?这是说明书,不懂的话请参考。有问题就按照上面的联络号找我们报修,质保五年。"

活动房的使用方法很简单,学长们花了点时间把大家教会,水也没喝一口就一阵风似的走了。据说,自从能放大缩小的新版活动房上市后,他们研发组就忙疯了。

"这个活动房是学长们研发出来的?"江冬震惊地问。

夜海点头。

戚少言也佩服得直竖大拇指:"牛人啊,都是!"

"你也很牛。"夜海特别真心实意地对他说。

戚少言咧咧嘴。

宋海参观完活动房后特别兴奋,他觉得他的符纹人生受到了新的启发,并向夜海申请,今晚乃至后面的N个晚上,他都要住在活动房里,以便他研究活动房的符纹运用。

夜海表示活动房的主人是戚少言,宋海得问他。

戚少言睁大眼睛,指着自己鼻子道:"你说这个价值三十五万的活动房是我的?"

夜海点头:"这是我个人对你的谢礼,你不知道你做的事对来我说有多重要,说是拯救了我的人生也不夸张,所以请一定收下。如果你不收,我也不会收回。"

众人发出哇哇叫声,纷纷问是怎么回事。

夜海含糊说戚少言救了他的母亲。

众人表示惊叹，江春猛拍戚少言肩膀："看不出来呀，没想到你的治疗能力真的这么强！以后大家的命可都交给你了。"

戚少言哭笑不得，对于活动房他也没再拒绝——正好战队需要，他记下这件事，打算以后在别的方面偿还夜海。

"活动房有了，固定的活动地点也有了，人员配置也齐全，我们还等什么？"凉粉二人组摩拳擦掌迫不及待。

戚少言一拍脑门："哦，对了，忘记跟你们说了，夜海学长也会加入我们战队。"

"有夜海学长加入太好了！"凉粉二人组听说夜海也要加入战队，眼睛闪闪发光。

夜海的符纹能力是雷系，战斗力极强，是他们战队的主攻手之一。可以说有夜海加入，只要他们其他人不太弱，战队成绩就绝不会垫底。

宋海自来熟地搂住夜海肩膀："学长，我觉得我们很有缘，你看你我的名字中都有一个海字，也许两百年前我们是一家。"

夜海好笑地点点头："有这个可能。好了，大家都是熟人，我们废话不多说，先确定战队名字，再大家轮流自我介绍，然后根据大家的特长和喜好决定每个人在战队中的定位，最后再来谈福利待遇和责任义务。"

凉粉二人组也有过组建战队的经验，但在三年级的学长夜海面前，他们很识相地让出了主导权，而且纪律性很强的夜海确实也比他们做得好。

夜海看向戚少言，想把主导权让给他。

戚少言摇头表示不需要，他没经验，与其乱来，还不如各司其职。

经过一番争执和讨论，战队名字和每个人的队内定位基本确定，当然，除了战队名字报上去就不能改以外，其他的都可以在出任务时根据实际情况再做调整。

第三十五章　狂潮战队和寻人任务

战队的名字最后被定为"狂潮"，和草药店同名。

大家都觉得这样可以更好更快地扩大影响，别人一听就知道二者的关系。

战队一共七人，外加一只黑兔子，队长是戚少言，副队长是夜海。

戚少言本要推拒，说自己是新生，没有经验，不适合当队长，推荐夜海当。

其他人也觉得夜海更适合，认为戚少言最适合的是后勤。

夜海一句话就说服了所有队员："队长不一定要履行队长的职责，只要有号召力就行，而我不想在名头上压过少言。"

所以，目前在狂潮战队成员的心目中，战队真正的队长是夜海，戚少言才是掌管大后勤的副队长。

开店第二日，上门的客人极少，有些来转转就走了。

宋海还想再来一场托戏，被戚少言叫停。

"不用了，酒香不怕巷子深，我对自己制作的药物很有信心，放心，很快就会有回头客的。"

阿健举手说道："如果大家没什么事的话，不如去领个任务来做。正好我们二年级发布了一个共同任务，只要有二年级学生的战队都能领取。"

夜海抬头问:"你说的是消灭病变变异鼠群那个任务?"

"对,学长也听说了?"

夜海笑笑回道:"不用叫我学长,大家都叫我名字吧。这个任务已经传开,其他年级的人参加也有相应学分拿,这个任务不算很难,适合我们磨合一下队伍。少言,你怎么看?"

戚少言点头:"我不反对。不过病变变异鼠是什么?和变异鼠有什么区别?"

对这个任务最了解的凉粉二人组回答:"病变变异鼠就是感染了某种病菌的变异鼠,因为这种变异鼠携带的病菌对人类也有致死作用,听说已经有小型聚居地因此搬空,现在这些病变鼠还没有接近兽城,但它们已经危害到好几个村落的安全。兽城佣兵公会在收到求救信息后就发布了这个任务,还在兽城外面建立了一个定点空间门。学校经过考量,觉得这个任务比较适合我们做,就在学校内也发布了。"

"那你们知道变异鼠携带的是什么病菌吗?会诱发什么疾病?"戚少言又问。

凉粉二人组互看,周行风说:"据说是一种新型变异病菌,被感染的人会皮肤萎缩、五官凹陷、四肢变异,听说有点像大灾变以前的麻风病,但要比麻风病的情况更严重一点,而且发病极快,一般六个小时内就会有感染症状出现。传染性也比较强,唾液、血液等沾之必感染。"

戚少言追问:"只是外表变化?"

阿健答道:"据说还有发呆的现象,你不跟他说话,他可以很久不理你,不过吃饭喝水吸收能量都正常,符纹能力好像也能使用。"

江春也忍不住问:"病人有攻击性吗?"

周行风想了想说:"应该没有,任务内容上没说。也没有人死亡,之前死亡的都是被变异鼠咬死的,或者因为其他原因死亡,直接死于病菌感染的还没有。"

戚少言沉吟片刻道:"我需要看到更多资料,最好能看到病人,这样我才能事先准备好有针对性的药物。"

他一个人的能力再强,也不可能救所有人,如果有可能的话,那还是要把对症药物研究出来。

"行,我和阿健先去收集资料,如果赶得上就这周五下午出发,周日回来,也不用耽误上课。"

宋海表示他要留下来研究活动房的符纹运用。

江春江冬想在做任务前再多学习一些知识,所以仍旧去上课、泡图书馆或锻炼。

戚少言和夜海下午都没课,两人决定去一趟夜博那里。

黑兔子继续留下看店。

兔吼表示:你们都走吧,赶紧走吧!正好方便我偷药吃。

它昨天刚刚发现戚少言卖的好几种药丸都特别适合它,除了它最喜欢的补元丹,有种健骨丹可以帮它强身健骨,首乌润泽丹让它的毛发越发顺滑乌黑,还有种香莹丸可以让身体散发出一股香香的味道……

昨天草药店开业,情况较乱,戚少言又拿了一堆药物出来,最后关店时也没盘点,到现在为止,他都不知道店内药物的实际消耗情况。

兔吼不知道戚少言是不是还会继续糊涂下去,它打算在少年想起来这个事前吃个够本!

戚少言打开医药柜抽屉看了看,发现不少抽屉都空了,又补上。

他怎么可能没数?他放入抽屉的药物都有计数,卖出多少也有记录,再和所剩的一对比,其中差额立刻一目了然。

再看少掉的药物都有哪些,他还能不明白那些少掉的药物都去哪里了吗?

他昨天没说,只是想着新店开业大家都应该高高兴兴,但今天嘛,也该给黑兔子上上紧箍咒了。

"药丸数量好像有些不对,我重新记录了,这是记录清单,等会儿有人来买的话,你记得卖出多少记录多少,很简单,在药物名字后面按一个小爪印就行。"

兔吼表示:"大爷我不认字!"

戚少言笑眯眯地问道:"你不认字啊?那你是怎么给别人拿药的呢?"

兔吼高傲地说:"我记住味道了。"

就等着你这句话,于是戚少言笑得特别宽容:"你能记住味道也行,这样也不怕拿错药。那就等我晚上回来清点吧。相信你这么聪明,差错率应该为零才对。"

兔吼很想说自己不聪明,又丢不下这个面子,不由气得龇牙,暗骂臭小子太精明。

把店铺交给兔吼,戚少言就和夜海离开了。

夜海出门后忍不住问他:"你就放心把店铺交给一只兔子?"

"兔吼是异兽。"

"我知道,但是……那兔子看起来贼贼的。"

戚少言哈哈大笑:"没事,它不敢偷太多。"

夜海也笑:"你有数就好。"

戚少言不在意地道:"过两天我师父应该就能回来,他一直想开个岐黄药堂,说不定他会对当坐堂大夫感兴趣。"

夜海眼睛一亮:"如果真这样就好了,本城的病人有福了。"

戚少言笑笑:"我们先去战队中心,我想发布一个任务。"

"好啊。你想发布什么任务?"

"我想找个人。"

两人再次来到战队中心,这里和佣兵公会类似,且任务信息和佣兵公会那边可以互通。

在这里发布的任务不但兽城的学生能领取，佣兵公会那边也能看到。

戚少言发布了一个寻人任务，就是寻找石天赐。任务内容中，他清楚说明他现在在第一军校的冥想学院。

他希望石头看到他发布的内容后能找到他。

为此，他还额外支付了五百能量币，让佣兵公会把这个任务放到显眼的位置，连放十天。

就在戚少言发布这个寻人任务不久，一个距离兽城有一定距离的小镇内，一名身材高大、头顶长着两个尖角的少年走进当地佣兵公会的任务大厅。

高大少年身边有两个人，其中一个身材矮小的少年低声道："那些混蛋，都是骗子。说什么只要加入就能娶自然种做媳妇、就有用不完的能量币，结果进去后根本不是那么回事，还是得我们自己做任务养活自己。"

"行了，人家都帮你把残缺的符纹给补齐了，让我们更有可能升级到三转，你还有什么可抱怨的？"另一个胖墩墩的少年说道。

"我就是看不惯那女人的嘴脸，好像对我们有大恩，如果我们不拼死报答她就对不起她似的。一副药剂就要一千魔晶，她怎么不去抢！"

"那你有种就不要药剂。那可是……"胖墩墩少年冷着脸，似乎有所顾忌，没把药剂的名字说出来。

"总觉得上了贼船！"矮小少年偏头看高大少年，"石头，你在看什么？"

石天赐把目光从佣兵大厅的任务发布榜上移下来，暗中吸气，平复自己的气息。

少言在找他！少言没事，他安全了，他考上第一军校了！

石天赐心中欢喜无限，恨不得立刻冲到兽城去找人。但不行，他还有些事要做。

"我在找有没有适合我们做的任务。"石头淡淡回答。

"那你找到了吗?"矮小少年随口问。

"嗯,看到一个猎杀病变变异鼠的任务,根据变异鼠的等级和数量领取报酬,我们去查查详情。"

第三十六章　自然种和非自然种

夜博对戚少言的来访表示万分欢迎。

戚少言也没打扰他，说让夜海带着他去伤病区就可以。

夜博正好手头有事，看戚少言是真不在意，就叮嘱夜海好好保护这位小神医，对戚少言行了个军礼后就去忙自己的事了。

伤病区的环境很不错，一座座或大或小的木屋散布在一个有着小树林、小瀑布、溪流和湖泊的大型花园中。木屋和木屋之间有足够急救车辆通过的道路相连，路边木椅随处可见。伴随着潺潺水声，婉转的鸟啼不断，一进来，就让人身心放松。

夜海告诉戚少言："这是依照六星军的第一军医也是目前最厉害的治疗大师原乡的建议而建，他说大灾变前的医疗环境虽然方便干净，但会给病人冷冰冰之感，让病人和治疗者都待得不舒服。但在这样的环境中，想死的人也会不想死了。"

戚少言笑，他对这个不懂，不予置评，但这里的环境很好是真的。

夜海又耸肩道："但我哥说，也是因为现在的人越来越少才能这样搞。听说大灾变以前马路上的人多得肩都擦着肩，一座城市有几千万人，那时候房子全都要垒起来盖。可现在我们这么大的兽城，据说整体面积并不比大灾变前的都城少，但总人口不到百万。整个人类的人数，不到一亿。因为人类生育率低下，这个数字还在逐年减少。"

"当年我亲生母亲就是因为觉得有个孩子太不容易，才把我生下来。生完她又后悔了，觉得自己不适合养孩子，就把我丢给了我爸，也幸亏我妈肚量大又喜欢小孩，把我也当亲生的一样养育长大。"

夜海提到夜夫人，眼圈就有点发红，当年他得知夜夫人不是自己亲生母亲时，受到的打击特别大，因为夜夫人对他真的和对亲生的没什么区别，至少他一点都没有感觉到区别，所以不相信才无法接受。结果夜夫人因为寻找他被人偷袭而受重伤，如果夜夫人不治而亡，他就算不去做什么傻事，这辈子恐怕也无法再振作起来。

夜海真的打心眼里感激戚少言，戚少言不但救了他妈妈也救了他，更挽回了一个完整幸福的家庭。

戚少言看他情绪有些激动，轻轻拍了拍他的手臂。

夜海有点不好意思，稳定了下情绪，转换话题道："你知道吗，就因为人口太少，生育率又在降低，各族高层害怕人类还没有等到自然修复就完蛋，现在正在到处寻找保存下来的大灾变前的精子卵子库。"

戚少言抬头诧异道："大灾变前的人类精子卵子库？"

夜海点头："对。几年前，有人考古发掘出一堆重要文件，其中就提到了为大灾变而准备的火种计划。当时虽说灾难发生得很突然、很猛烈，但当时的人类高层都懂得未雨绸缪，很多国家都在深山山腹或地底深处，甚至深海稳定区，建立了精子卵子库。但是那份文献中提到的精子卵子库要么已经毁了，要么地址不详，要么有可能位于黑雾中心区。可以说，各族高层那么想要进入黑雾区，就是为了那个可能放有大量原生人类的精子卵子库。"

"可大灾变前的人类能适应现在的环境吗？不是说现在的空气对大灾变前的人类来说就是毒气？"

"我不知道，也许各族高层想等小孩孕育出来以后，把他们放在隔离环境中，然后一点点适应？"

戚少言目光中透出与他年龄不相符的深沉："或者是做实验，让现在的非自然种和大灾变前的原生人类进行结合，看会不会优化基因？"

"也有这个可能。"夜海耸肩，"不过这事离我们太遥远。黑雾之毒感染的问题不解决，这事就难以进行。那些精子卵子库都深埋在地下和山腹中，想要找到得花时间，找到了还要想办法才能进去。就算真的找到并进去了，里面有没有大家想要的原生人类的精子卵子还不知道，就算有，有没有损坏也难说。可能忙到最后就是一场空。但是其他各族都在忙这事，我们这边也不能落后。"

戚少言忍不住道："难道大家就没有想过善待自然种？据我所知，和自然种结合有八成可能生出自然种的孩子。只要善待自然种，慢慢地一代代结合，人类就会自己复原，不是吗？"

"可是自然种太少了呀。"夜海表示这点是最大缺憾，"各族高层也制定了不少优待自然种的政策，可自然种不知怎么回事，就是躲着不出来。"

"那是因为迫害比保护更多。"戚少言握拳。

夜海转头看少年："你好像很同情自然种？"

戚少言尽量稳住自己的表情，笑了下："以前接触过，加上蒋家的事……让我一时感触颇深。"

夜海上下打量他："其实我曾怀疑过你是自然种，你的身形和年龄对比起来不太像非自然种。"

戚少言心脏猛地一跳，但他越紧张越是平静自然，闻言就笑了起来："我也希望我是自然种，学校对自然种入学可是有各种优惠条件。光是学杂费、住宿费全免，还每月发生活费这点，就足够吸引我了。"

"你可是神医，那点能量币对你来说算什么。"夜海好笑，随口道，"其实自然种之所以受到的迫害比保护多，大概是因为非自然种心里不爽吧。一个残缺的人站在一个完整的人面前，十个有八个会忍不住想为什么我会残缺、为什么他就比我优秀完整，就因为他会投胎吗？以前就有人骂我运气好，说我没有投胎到我妈的肚子里却仍旧能被我妈当亲儿子一样养着。"

夜海自嘲一笑。

戚少言想，不是夜夫人亲生儿子一事对夜海的影响看来真的很大。

夜海忽然搂住戚少言的肩膀，贴近他，小声说道："同为非自然种，我跟你说一个不算秘密的秘密，大约一百年前，有一种说法非常盛行，据说自然种才是真正的进化方向，非自然种全都会被淘汰，未来自然种会统治非自然种。然后当时就出现了一个很厉害的自然种，那个自然种认为非自然种都是不应该出现的残缺，只承认自然种是人类，把非自然种当成奴隶。自然种过起了贵族的生活，非自然种只能接受压迫。"

戚少言问道："……后面是不是有很厉害的非自然种带头起义，推翻了那个自然种的统治，然后反过来打压自然种？"

"你说得一点也没错，大致就是这么回事。"夜海点头笑。

戚少言却说："我听过的传说跟这个完全不一样。我听说自然种一直受到追捕，被抓到就会成为奴隶，两百多年来一直都是如此。"

"谁知道真相是哪种呢。反正不管是哪种，现在自然种那么少，坐在各族高位上的人绝大多数都是非自然种，如果你是他们中的一员，你会支持一个注定未来会压在自己头顶上的种族吗？"

戚少言慢慢摇头，说道："如果我是，我会想为什么自然种天生就压我一头，既然存在，那就有理，谁说非自然种就不能自然进化？或者偏激点，也许我会想，是不是就因为有了自然种，非自然种才无法进化。就像某些只有雄性或雌性的物种，当可交配对象全部消失，它们内部自然而然会再进化出至少一只不同性别的。如此一来，也许会有人想要把自然种全部消灭了，逼迫非自然种进行进化。"

"分析得好！"鼓掌声从两个少年身后传来。

两人一起回头，看到一名身穿军装的英俊男子。

男子身高约有一米九，剪着很精神的短发，鼻尖有点微勾，眼睛微微下陷，褐发褐眼。

"小家伙的分析很有道理啊，把咱们非自然种的心理揣摩得很透。"来人微笑道。

戚少言解释："不，我想说的是，就算整个族群都陷入危机，变化也是从少数开始。如果真有疯子想要通过杀光自然种的方式，来逼迫非自然种自己进化，那他就是一个大傻帽。因为他只是在重复让自然种出现的过程，还把已经生出的希望扼杀。"

来人微笑加深。

"别叔！"夜海对来人抱拳行礼。

别叔对夜海点点头，目光再次落到戚少言身上："小友，你叫什么名字？多大了？"

戚少言看夜海对来人十分尊敬，当下也行了个礼道："我叫戚少言，别叔您好。"

戚少言故意没说自己的年龄，他不想说很容易被戳破的谎言，也不想让对方将他的年龄和体形进行对照后产生什么想法。

"你姓戚啊，我原先有个老朋友也姓戚，说不定你认识他，他也曾是第一军校的学生，不过毕业很多年了，学的是考古，当初那个火种计划就是他带领的战队挖掘出来的。当时有很多组织都开出高价招募他，可惜他毕业没多久人就不见了。"别叔一脸回忆的神色。

戚少言的心脏跳动加快。这么多相似的特征，这位别叔说的很可能就是他父亲。

"那位戚……"

"小海，少言，你们在这里呀，我找你们半天了！我有个战友发急病了，他是被病变变异鼠咬伤的人之一，之前他的情况都很稳定，刚才突然发作,像疯了一样攻击别人,现在好不容易才压制下来。少言,麻烦你,跟我去看看。"夜博跑过来,脸上带着焦急的神情。

"好,那我们赶紧过去。"戚少言一听有人发急病,又正好与病变变异鼠有关,也顾不得跟那位别叔询问他父亲过去的事情,反过来催促夜博。

夜博对别叔行了个军礼,迅速带着戚少言和夜海离去。

夜海心中打了个突,夜博那间办公室的窗户正对着医疗区的花园,以夜博的视力可以很清楚地看见他们。而且他们和夜博分开的时候,夜博明明很忙,他们和夜博分开也没多久,可刚才夜博却说找了他们半天。最重要的是,夜博说很急,却没有联通他的联络器。

夜海忍不住回头,没想到正好和那位别叔的目光对上。

别叔竟然一直看着他们?

高大修长的男人对着回头看他的夜海微微一笑。

夜海却打了个冷战,勉强回以微笑,又赶紧转过头去。

第三十七章 痛苦的感染者

夜博带着二人来到一座不起眼的木屋前,打开门走进去。

戚少言以为病人就在里面,没想到夜博伸手按住墙面上一个符纹,接着符纹发出亮光。

地面无声打开,露出一条通道。

戚少言心想,不愧是六星军军部。

从通道的阶梯一路走下去,出现了一个很大的地下空间。

这个空间是圆形的,中间是研究室和医疗室,靠着墙壁一圈都是病房。

这种圆形空间应该不止一个,戚少言在楼梯边看到了一张逃生平面图,这个地下空间应该比目之所及要大得多。

几人下来后并没有立刻进入圆形空间,需要先脱衣服消毒,再换防护服。空间器具等也被要求表面消毒。夜博还告诉戚少言,从空间器具中拿出的物品,都必须经过消毒才能使用。

"这里的病人身上的病菌具有一定传染性,所以这里管控比较严。"夜博解释。

"我能理解。"戚少言换好衣服,拿回自己的物品。他的东西绝大多数都放在空间里,只有草药师胸章和学生胸章戴在身上,进来后,他就把这两样东西也给扔进空间里了。

夜博看他能凭空收取物品也没太惊讶，在戚少言治好夜夫人后，夜家对他就做了一番详细调查，自然知道他有空间异能、善用毒又善治疗，被冥想学院的学生称为超级后勤的事情。

经过一扇病房门，戚少言脚步顿了下，房门上面是玻璃窗，能清楚看到病房里躺的病人。这间病房很大，里面放了约二十张床，每张床上都躺着一个病人。

这些都不奇怪，吸引少年目光的，是这些病人的病床上都有一个透明的像是玻璃做的罩子，病人就躺在罩子里面。

突然，一名病人醒来，惨叫着挣扎起来。

病房虽有一定隔音效果，但也许是病人发出的声音太凄厉，病房外也能听到一些。

有数名护士从戚少言他们身边跑过，打开房门，用最快的速度冲到那个病人身旁，打开罩子，按住他，给他注射。

病人看到站在门口的夜博，朝他哭喊："杀了我杀了我！少将杀了我吧！我受不了了！"

夜博双拳紧握，两眼赤红。

护士们好不容易按住剧烈挣扎的病人，慢慢的，注射入病人体内的某种药物起了作用，那病人面带痛苦地闭上眼睛，再度昏睡过去。

"他们是？"戚少言心中已经有所猜测。

"他们就是黑雾之毒的感染者，是我的战友。"夜海用低沉又悲伤的声音回答。

戚少言不语。传言感染黑雾之毒的人会生不如死，死亡过程也非常痛苦，很多人都因为受不了而自杀。之前蛙族也有多人感染黑雾之毒，不过因为他出手救治得快，蛙族倒是没有因为熬不住痛苦而自杀的人。

"那个罩子是？"

"那个是无菌罩，无菌罩虽然比不上半冰冻疗养舱，但能创造无菌环境，也能勉强延缓黑雾之毒感染的速度，现在所有感染者都是疗养舱和无菌罩轮换着用。但无菌罩不能让感染者保持睡眠状态，而黑雾之毒感染形成的伤口会让患者感受到剧烈疼痛，就是再坚强的人也受不了，我们只能给他们轮流注射强效止痛药和安眠药。但黑雾之毒在进化，会产生抗药性，这两种药的效果会变得越来越差。"夜博恢复平静，回答道。

"走吧，那边是被病变变异鼠咬伤的病人。"

戚少言最后看了眼那病房里的病人，默默跟上夜博。

夜博刚走到另一边，就有军中治疗者跑出来向他汇报："少将，您终于来了，您说请到一位治疗大师，他人呢？我们已经没有办法了，那种病菌太古怪，没想到还会影响病人的脑细胞和脑神经。"

"别急，慢慢说，人我已经请来了。你先把情况说明一下。"夜博沉稳地说道。

那名治疗者左右看看，看到夜海点点头打个招呼，看到戚少言没在意，嘀咕了一句："人在哪儿呢？"

夜博故意没有提醒他。

治疗者邵分也没耽搁，把三人带到一个玻璃房外，指着里面的病人开始有条理地交代病人情况："这里的五个人都是被病变变异鼠咬伤后送来的。刚被咬伤时，他们的伤口就开始发黑，并流出脓血。三个小时后，他们的伤口开始自动愈合，身上的病菌开始带有感染性。六个小时后，伤口完全愈合，但伤口处的肌肤开始萎缩、内部骨骼开始变形。之后，这种皮肤和骨骼的变化逐渐蔓延到全身，主要表现在五官和四肢上，脊椎也有一定改变。"

戚少言看清玻璃房里的人后，眼睛瞪大，倒吸一口凉气。

夜海也是第一次看见被病变变异鼠感染的病人，当下也吃惊地张大嘴，脱口道："怎么会变成这样？"

里面的五个病人，面部五官朝中间萎缩下陷，五官虽然还在，但看起来就像是另一种生物。他们的四肢也变形了，变得又瘦又长，手指全都消失，手掌萎缩成一个球；脚掌也同样没了脚趾，脚跟却往后延伸，整个脚掌变成了一个椭圆形的大肉垫。腰部弯曲，像是变成了驼背一样。

这种变化让人觉得他们不是生病了，而是变异成了另一个物种。

邵分道："很惊讶是吧？现在你们看到的这五个人都是感染超过七天的。在这七天内，他们表现得都很安静，身体产生这样的变化，他们也像感觉不到痛苦一样，大多数时间都呆呆地坐着。但他们的智力、听力都还正常，你跟他们说什么，他们也都听得懂。可就在刚才，他们突然发作，不但攻击彼此，还攻击护士和治疗者。没办法，我们只好电昏他们，给他们穿上束身防护衣，再把他们关进这间观察室。"

"电昏？"夜博并不知道这件事，医疗中心这边还没有来得及跟他汇报。

邵分点头："我们试了很多种药物，都没办法让他们镇定下来，只好找了水宿和雷想，水宿往病房内放水，雷想再把他们全部电晕。少将您知道，他们合作多次，出手有分寸。"

夜博点点头："你们处理得很好。"

邵分骄傲地挺了挺胸膛，但很快他又垂下头，苦着脸道："我们仔细检查了，但找不到让他们突然发狂的原因。只能推测是那种病菌又开始进化。"

"最初的感染者呢？"戚少言插嘴道。

"没有。"邵分忍不住又回头看，问夜博，"少将，您说的治疗者呢？他怎么还没来？"

"他来了。"夜博回答完邵分，又对戚少言说道，"说起来，这是一件很古怪的事情，最初的感染者都不见了。"

"不见了是什么意思？"戚少言不解。

邵分疑惑地看向戚少言。为什么少将要对这么一个小孩详细解释？

难道……不会吧？

"不见了就是找不到的意思。"夜博耐心回答，"根据我们收集到的情报，一开始出现病变变异鼠的村庄叫作千坟村。"

夜海在一旁小声说："这个村名可真是……"

夜博睨了自己弟弟一眼："你觉得不好，当地人可很骄傲。他们的村庄是少数还保有大灾变前建筑的村庄，那些坟墓群据说是大灾变前的城市墓地。当时有一批人逃进那里，后来就在那里繁衍下来，他们视那些保留下来的坟墓为守护神，认为就是因为那些前人英灵需要照看，他们这批人才能活下来还能繁衍至今。"

夜博随后语气一转："我下面要说的事目前还是秘密，你们听后不要泄露出去。如果不是少言需要了解情况，我也不会告诉你们。"

少言？是不是就是这个小孩？难道这个小孩真的是少将带来的治疗大师？大师……天哪，少将真的不是开玩笑？

邵分盯着戚少言满脑袋胡思乱想，但仍旧和两个少年一起表示：未经允许，绝不会乱传。

第三十八章　掠夺者

夜博这才说道:"这次病变变异鼠灾情据说是有人不敬先人造成的,那些坟墓内虽然没什么东西,但还是有不少人想要挖开来看看。千坟村的人一直在保护这个坟墓群,但这次千坟村内部出现了害群之马,有一个叫坟鲍比的人,因为赌博欠了很多能量币,他就把主意打到了那些坟墓头上。他趁守墓的人不注意,挖开了好几座墓,结果就从一个坟墓中跑出了病变变异鼠。之后那个村庄的一部分人就被跑出来的病变变异鼠给咬伤,然后互相感染,最后整个村子的人都被祸害没了。"

戚少言眨眼:"如果这个村子的人都没了,那消息是怎么传出来的?您又是怎么知道得这么详细的?"

夜博回答:"因为当时正好有一个六星军军人回家探亲,他就是千坟村人,他在临死前传出消息给他的战友,让他们赶紧通报上面来消灭鼠患。但是等消息一层层传上去,高层再派人过去时,那个村庄的人已经全都消失。只是人虽神秘消失,病变变异鼠却都留了下来。"

"那些村人都去了哪里?"夜海也问。

"没有人知道。"夜博耸肩,"有人猜测也许都给变异鼠吃了,也有人说被变异鼠拖去了地下鼠洞。但当时去救援和消灭变异鼠的军人挖地三尺也没找到一个村人。你们现在看到的五名病变变异鼠菌感染者就是当时去救援的军人。也是目前我们能见到的最早的感染者。"

夜博顿了顿，又说道："之后病变变异鼠就突然泛滥开来，随着病变变异鼠增多，出事的村庄也越来越多，然后佣兵公会和军部等组织就联手发布了灭鼠任务。"

戚少言拿出了一个小本子，问夜博："千坟村病变变异鼠第一次出现的时间是什么时候？"

夜博看他问得认真，也认真回答："二十三天前。"

戚少言一愣："隔了半个月才去救援？"

夜博无奈苦笑："派出救援人员不是那么容易的一件事情，尤其让六星军出动。这件事后来还是我夜家揽了下来，才派出了救援队伍。"

"那在这间隔的半个月中是不是还有其他村庄被病变变异鼠侵害？"

"有，就是因为不断有求救消息传来，各族才不得不各自派出救援队。"

"在这半个月中被病变变异鼠侵害的感染者都去了哪里？"

"问得好。"夜博一字一顿道，"可是，不知道。"

其余几个人一起抬头吃惊地看向他。

夜博神色也很无奈，同时凝重异常："直到我们的救援队伍出发，抵达那里，我们的救援人员被感染，才有活口留下。在这之前，我们虽然接到不少求救信息，但后来再去这些地方看时，发现和千坟村的情况一样，所有人都不见了。你们现在听到的消息都是这七天内的消息，之前的都被封锁了。"

"那这七天内发现的感染者都在哪里？"戚少言问。

"就在病变变异鼠爆发区，现在那里建立了一个临时医疗站，收留了绝大部分病变变异鼠菌感染者。还有少部分感染者被几个组织带走了。"夜博皱眉，立刻掏出联络器联络手下。

临时医疗站里的感染者也有不少感染的时间快接近七天，他得赶紧

通知那边，避免出现大的混乱。

夜博通知手下期间，邵分一直在瞄戚少言。

戚少言转头看他，对他笑了笑："您好，我叫戚少言，初级草药师。"

邵分伸手道："你好啊，我叫邵分，三转二级符纹治疗者。我们少将说的治疗大师就是你吧？"

"不，是我师父，但他今天来不了，就让我先过来了。"戚少言谦虚地把段神医拖出来当挡箭牌。

邵分恍然大悟地点点头："我就说嘛，吓我一跳。"

夜海偷笑了下。

"我能进去看看病人吗？另外，除了体液传染，呼吸和直接接触会传染吗？"戚少言问。

邵分回答："目前只发现体液传染。如果呼吸也能传染，那我们就要完蛋了，看看这恐怖的样子，这绝对是第二次大灾变！你暂时不能进去，我先问问少将。"

夜博正好吩咐完，闻言就说道："让少言进去，你和他一起，尽量配合他。"

邵分以为少将如此看重这个少年是因为其师父，于是挺友好地招呼戚少言："行，我会照顾好他的。小兄弟已经是初级草药师了？真是名师出高徒啊，这么小就是草药师了。请到这边来。"

邵分看夜博、夜海竟然跟着他们一起，为难地说："少将，你和夜海就在外面待着吧。"

夜博摇头："一起进去，如果有什么事，有我们在也好控制。"

戚少言很重要，他可不想让这个前途无量又对他们家有大恩的少年折损在这里。

戚少言进入观察房后问邵分："其他组织那边的感染者情况怎么样？你们之间会分享情报吗？"

"没有。"邵分苦笑,"我刚才还想让少将问问其他组织接走的感染者的情况呢。"

"我等会儿就问,但你最好别抱希望。"夜博拍拍邵分的肩膀,面向戚少言说道,"有些事你们也清楚,表面上看我们这些人类组织都在互相合作,但同样也在互相竞争,我们看似是一个整体,其实也各为其主。哪怕我们六星军内部也不是一个整体。"

戚少言年纪小,对此也不好说什么,只笑了笑,道:"我想可能还是不重视吧,以为就是一般的病菌。"

"就是这个理。不到控制不住,大家也不会摊开来说。"夜博摊手。

戚少言特别能理解。他有能力救治黑雾之毒感染者,可他同样以害怕为理由,自私地不敢露头。说到底就是不信任,而人与人之间的不信任,也是整个社会的悲哀。

不过各个组织自成势力,甚至六星军内部都有各自山头,这种情况对他来说反而有利。

其实面对这种情况,只有变强,不断变强。当你足够强大,任何阴谋诡计在你面前都不是问题,那时你也将无所畏惧。

戚少言握了握拳头,这段时间他脑中经常会出现这样的念头,他也知道要如何让自己快速变强,那就是不断吸收各种能量,符纹能量和生命能量是首选。

戚少言同时也感到恐惧,他不知道这是他自己的想法,还是那个黑色光团灌输给他的想法。

石头当初告诉他的预言对他影响甚大,弄得他现在做什么事都要先想一想这样做会不会让自己狂奔在变成魔头的道路上。

在邵分的引导下,戚少言走到一名身穿束身衣、被捆绑在病床上的感染者。

"你要小心,他们的攻击性很强。"邵分提醒。

戚少言问:"他们能说话吗?还有理智吗?"

戚少言注意到,在他们没进来之前,这些病人都侧着头,似乎在互相观察,一个盯着一个。但当他们进来后,这些人都看向了他们。

邵分摇头:"在他们发狂之前,他们还算有理智,也能听懂我们说的话。但发狂后,我们也无法判断他们到底能否交流。"

戚少言低头看病床上病人的眼睛,那双眼睛里满是狂暴,看到有人出现,眼中还出现了一丝贪婪。同时他体内的无影丝也蠢蠢欲动起来,竟要主动扑出来似的。

戚少言疑惑地伸手靠近病人。

病人大力挣扎起来,还像野兽一样,从喉咙里发出了低吼声。因为嘴被封住,他发出的声音很模糊。而随着戚少言手掌靠近,他眼中的贪婪之色也就越发深重。

"你说他们互相攻击?"戚少言脑中蓦地跳出一个想法。

"是。"

"大家后退,全都后退。"

其他三人不明所以,邵分看向夜博,夜博点头。

等四人退出观察室,那名刚才还大力挣扎的病人又慢慢安静下来。

"你发现了什么?"夜博看向戚少言。

"稍等。"戚少言拿出一枚二转三级的符纹结晶,对邵分说,"你能把这个送到里面吗?靠近某个病人就可以。"

"可以。"邵分接过符纹结晶,放入一个小盒子中,操纵台面上某个按钮,小盒子没入台面,随后观察室内的顶部出现一个方孔,一个机械臂伸出。

邵分操纵机械臂慢慢靠近一名病人,原本安静下来的病人在看到符纹结晶后突然开始大力挣扎起来。

而其他病床上的病人也全都表现出非常激烈的行为。

"一个个试。"戚少言道。

邵分也觉察出来了，把符纹结晶在五个感染者面前全部试了一遍。还分别拉近拉远尝试。

之后他们发现，感染者不仅仅可以用眼睛看到符纹结晶，他们应该还有其他方法可以感知到符纹结晶的存在，而这个感知距离目前还无法测出，只能判断出只要符纹结晶还在观察室内，感染者就能感知到符纹结晶的存在。

戚少言看向夜博："我想做些试验。"

夜博颔首："我也正有此意。"

邵分惊讶又佩服，问少年："你怎么知道他们对符纹结晶敏感？"

戚少言回："直觉。"

这是实话，他在靠近感染者的时候，心中就有种莫名的感觉，似乎是一种本能的厌恶，就好像护食的遇到了夺食的。

夜博找来一支小队，把感染者全部转移到了下一层一个极大的地下空间中。

之后便一个个用符纹结晶进行测试，距离、范围、符纹结晶的等级……

经过一番测试，几个人得到了第一手信息。

这种感染者，在感染的第七天会开始极度渴求能量，当周围没有符纹结晶时，他们会彼此攻击，为的就是对方身上的符纹结晶和生命能量。

可一旦周围出现符纹结晶，包括身体中有符纹结晶的生物，他们就会一致对外，想要抢夺符纹结晶。

戚少言得知这点时，心里觉得有点不对劲。这些感染者的"食谱"和他的很相似。

"等下我会让邵分小组继续测试感染者吸收了符纹结晶后的变化，你们先去休息。"夜博神色凝重地对夜海和戚少言说。

戚少言心里突然咯噔一下："我个人觉得不适合让他们吸收符纹结晶，谁也不知道他们吸收了符纹结晶后会产生什么样的变化。"

夜博点头："我知道。但是就算我们不做这个测试，外面那些感染者也会想法子找符纹结晶。我们做了，至少能知道他们具体会产生什么变化。放心，我会小心。"

戚少言也知道夜博说得有理，没再劝阻，但他拒绝休息："分一个感染者给我，我具体查看一下他的情况。"

"好。"夜博立刻让人送一名感染者回观察室。

夜海也没有休息，跟在戚少言身边。

戚少言看他跟着进入了观察室，也没说什么。

无影丝特别兴奋地刺入感染者体内，随后就好像受到什么刺激般忽然炸开。

戚少言通过无影丝察觉到感染者体内的能量竟然和他曾经感知过的其他能量不太一样，似乎更"美味"。

奇怪，为什么他会感知到感染者的生命能量和符纹能量竟然混合在一起变成了一种新的能量？

感染者死死盯着他，身体用力挣扎，嘴巴里也发出呜呜的声音。

"掠夺者……"

黑色光团在传达意识给他？戚少言立刻在脑中道："光团兄，你终于又肯说话了，什么是掠夺者？"

"掠夺他人身体、能量……的寄生型智慧生物。"也许是吸收了一枚符纹陨石，黑色光团的意识传达流利不少。

戚少言心惊："你是说这些感染者……病变变异鼠菌并不是一种病菌，而是一种智慧生物？被它们寄生会怎样？"

"……被改造，成为新的掠夺者。如果你们不想被吸干再转变成掠夺者，就要消灭它们，摧毁它们的种子！"这是黑色光团第二次带有强烈感情色彩的"发言"。

戚少言不动声色，问："被掠夺者寄生还有办法复原吗？"

"……地球时间七天，当它们开始渴望能量，改造已经不可逆转。"

"那在这之前要怎么做？"

"摧毁种子。"黑色光团大概对掠夺者极为厌恶，对少年提出的问题几乎有问必答。

"种子在哪里？"

"……自己找，地方不定。"

"如果掠夺者吸收了符纹结晶会怎样？"

"升级。被感染者有什么能力，它们就有什么能力。原本没有能力的，也会在吸收足够能量后觉醒。只不过转变需要大量能量，如果原本是符纹能力者，之后它们的等级至少会倒退一个大等级。尽快找到第二枚符纹陨石，我才能开启专门针对掠夺者的防护罩。否则遇到三转四级以上的掠夺者，你将同样有可能被它们夺走能量，三转四级以上的掠夺者将和你一样，可以进行远距离能量掠夺。"

黑色光团说完这段话，再次陷入沉默。

戚少言深吸气，闭上眼，用心操纵无影丝仔细查看感染者体内的情况。

无影丝发出兴奋的颤动，似乎有意带领他去往某个地方。

少年顺着无影丝，把意识顺路探过去。

在这名感染者的心脏部位，他看到了一颗长出根须的种子。

如果吸收了这颗种子，对他很有好处，而且成长得越好的种子对他好处越大。戚少言的潜意识这样告诉他。

灰色的根须蔓延至感染者的全身上下。

这是一名还没有觉醒符纹能力的掠夺者。

无影丝看到种子，迫不及待地想一拥而上。

等等！戚少言强行把无影丝撤到感染者体外。

他不能就这么杀死感染者，现在知道感染者变成了掠夺者的只有他，他必须让夜博他们看到证据，否则他根本无法解释他是怎么知道"掠夺者"的存在的。

"我要见夜博少将。"戚少言对夜海道，"感染者脉象不对，我怀疑……他体内有其他活物。"

夜海被吓了一跳："是病菌吗？"

"不，应该是比那更可怕的东西，我说不清楚，六星军军部有更先进的检查仪器吗？可以看到身体内部的那种。"

"应该有吧，你等等，我联系我哥。"

第三十九章　打开心锁

在夜博调用仪器检查病变变异鼠菌感染者时，戚少言说想去看看那些黑雾之毒感染者。

如今已经没有人敢小瞧少将特别请来的这个治疗者，哪怕他看起来很小。

行家一出手，就知有没有，戚少言虽然还没有救治一名感染者，但他发现的问题也让大家大大节省了绕弯路的时间。

戚少言原本打算隐身救治那些黑雾之毒感染者，可在走了一圈后发现想要隐身进来不惊动这个地下治疗中心的人，基本不可能。

他想了下，他们战队很可能会接下灭鼠任务，而他本人也对这个任务感兴趣，但要完成任务，很难说要花多长时间。

这些黑雾之毒感染者却没有多长时间可拖。再说，没看见病人也就罢了，可真的看到无辜的军人因为感染黑雾之毒那么痛苦，他有能力却不救治，他怕自己晚上回去睡不着觉。

出手就出手，暴露就暴露吧，正好也可以看看夜家到底是不是一个值得合作的对象。

老是这么畏首畏尾，他也心累。他明明有很强大的能力，却非要压抑着不去使用，就是因为害怕自己变成魔头。可再这么压抑下去，他怕自己还没有因为放纵自己变强的欲望变成魔头，就先憋屈得心理不正常了。

　　等走进黑雾之毒感染者的病房，手碰到第一个感染者的手腕，戚少言仿佛听到了"咔嗒"一声，就像心上有一把锁被打开了。

　　戚少言心里一阵轻松，决定了，也就那么回事。想想看，他何必把事情想得那么严重？这世上也许有很多坏人，但也有很多值得信任的好人。难道他要因为一两个坏人提防所有人吗？

　　最重要的是，他已经不是当初那个毫无自保能力的人，他也认识了好几个愿意帮他的强者，为什么不试着更加信任别人呢？

　　就算真的出现变故，那他再变成"大魔头"吸干敌人逃跑就是。

　　他想要救人那就救，如果真的有人为此来猎捕他，那他回击也问心无愧。做好最坏打算，戚少言彻底放开了。

　　陪同戚少言进来的夜海疑惑地看了戚少言好几眼。不知道是不是他的错觉，面前的少年看起来似乎更亮眼了一些，而且整个人的气质都不一样了。

　　之前，他总觉得戚少言脸上虽然带着笑容，但笑意并没有进入眼底，看什么都带着一点戒备，只是这种表情在大多数人脸上都能看到，他也没觉得怪异。

　　可现在，少年就好像放下了某个沉重的包袱，又好像正在成长的小树终于把压在他身上的大石头顶开，从此可以顶天立地地生长了一般，整个人透出一股蓬勃旺盛的生命力。

　　戚少言放开第一个感染者的手腕，又走向第二个人。

　　夜海忍不住问："如何，你觉得有可能救治吗？"

　　戚少言抬头，对他神秘一笑。

　　夜海满脸问号，看着戚少言走过一个又一个被感染的军人。

　　吸收进体内的黑雾之毒一部分化作能量被他吸收，一部分被提纯为毒素被他存储进细胞里，而军人体内安眠药物的成分他都没动。

"感染者都在这里了吗？"

"还有一部分在科学院，那种半冰冻疗养舱属于科学院，因为他们要做日常维护和研究，只能把疗养舱放在他们那边。"

"这样啊，那就只能等回来再说了。"

夜海以为他对疗养舱好奇，就点头说："这两天我们要做任务的话，确实来不及。去科学院得先申请，必须他们允许才能过去。"

戚少言吸收完这个病房内最后一个感染者体内的黑雾之毒，转身："走吧，我们去看看你哥他们有没有检查出什么。"

很可惜，目前的透视仪器竟然无法检查出病变变异鼠菌感染者体内的掠夺者种子。

但用来检测符纹能量的仪器发现感染者体内有一团特别浓郁的能量，如果感染者是符纹能力者，那么会显示出他们体内有两个能量团。

而且这种仪器还发现感染者体内的符纹能量脉络有了不小的变化，大大异于常人。

"这就是你说的活物？"夜博指着屏幕显示出来的光团问。

戚少言点头："看位置，应该就是。"

"它有什么危害？"

"我不知道，但诊脉结果告诉我，这人的脉象不正常。可以说我从来没有感受过类似的脉象，感染者的脉象像是怀胎，但又有所不同，我只能推测感染者体内还有一个旺盛的生命。"

夜博看着屏幕皱眉道："这是不是一种寄生物？能不能直接杀死它们？"

戚少言坦言："我有八成把握能杀死它们，但我不保证杀死这种能量团后，感染者会不会也死去。你们看，光团已经和患者的符纹能量脉络结合在一起，就好像两个符纹结晶。"

"你没办法救他们？"夜博看向少年。

少年摇头："情况不一样。他们不是得了病，而是体内有寄生物，还是很厉害的寄生物。而我查知的情况是这种寄生物已经和感染者彻底融合，现在杀死或分离寄生物，只怕感染者也活不下去。我甚至怀疑这种寄生物已经控制感染者的意识和身体，因为这些感染者看我们的眼神，不像在看同类，倒像是在看食物。"

夜博又看向邵分。

邵分也头疼："只能做试验一步步证明。"

天快黑时，夜海才把戚少言送回第一军校。

戚少言回去后就找凉粉二人组打听病变变异鼠的事情。

另一边，戚少言和夜海离开地下治疗中心不久，护士开始查房，走进黑雾之毒感染者的病房依照惯例检查感染者是否清醒。

护士看到了一双睁开的眼睛。

护士对那双眼睛的主人微笑了下，点点头。

对方先是眼神迷茫，但很快也回以一个微笑。

护士走过那名感染者的病床，刚迈出两步，护士顿住，猛然转头。

"啊啊啊！"

黑雾之毒感染者病房内传来护士的尖叫声。

邵分和来换班的治疗者听到声音，全部赶过去帮忙。他们以为又有黑雾之毒感染者醒来后疼得受不了在大闹。

两分钟后，夜博接到消息，然后几乎是冲刺一般，他丢下正在进行的试验冲了过来。

"你们说的感染者都开始好转是怎么回事？"夜博推开病房门快速问道。

"少将！"

"头儿！"

几个已经坐起来的黑雾之毒感染者看到夜博进来，全都大声向他问候并行了个军礼。

夜博看着坐在床上虽然瘦削、但精气神很好的战友，愣住了。

邵分等人围着醒来的感染者不住检查，不停地问问题，都把夜博给忽略了。

最后还是一名对夜博十分有好感的护士特地靠过来，脸红红地说："少将，经过检查，病房内所有感染者都在恢复当中。"

"都在恢复？"夜博的声音有点飘忽。

"是的！"护士激动地点头。

那边邵分等人终于注意到夜博，纷纷喊："少将，奇迹啊！不对，您是不是做了什么，为什么您这次过来，所有感染者就都开始好转了？"

夜博也想问这个问题，他很快就想到了什么，一把抓住邵分，把邵分拉到一边："今天下午我走后，还有谁进来过病房？"

邵分想了想："除了护士，就只有您弟弟夜海和那位小草药师。"

随后邵分瞪大眼睛，满脸不可置信地说："难道感染者都是……"

"嘘。"夜博深吸口气，提高声音对所有人说，"所有人听令！今天发生在这里的事，谁都不能泄漏，否则军法处置！邵分中校，请把我的命令传给其他知情者，另外，此事不可再扩散。没有我的批准，治疗中心所有人都不得离开。"

"是！"邵分行礼，立刻出去传达命令。

夜博询问醒来的感染者的情况，安抚他们，分享他们病愈的快乐。等出来后，他立刻联系父亲，把事情大致汇报了一遍，包括咸少言发现寄生物和寄生物对能量有强烈欲望的事情。

夜将军听完，沉默片刻后只说了一句话："你去见他，问清楚，如果确认是他，跟他说，我们夜家将永远都是他最坚实的后盾，任何人想要对付他，都要先踏过夜家人的尸体。"

"是！"夜博握了握拳头，"爸，我们为什么不干脆招揽他？"

夜将军轻笑，反问："你认为那孩子能被招揽？"

夜博诚实道："难。他的防备之心太重，而且应该是个不愿受束缚的人。"

夜将军说："你既然知道答案，又何必问我。之前，四所大学闹得那么厉害，那孩子也没冒头，直到这次他和我们家接触，他才稍稍展现出他的实力。他既然没有避开你，愿意暴露出来，就是一种信任的表示，当然，也说不定是对我们夜家的考验。那孩子年龄不大，本事不小，就如同幼童抱金上街，他现在最好的做法就是找一个可靠的大势力投靠。但我看这孩子的性格，他也许会给自己找伙伴，但绝不会想要给自己找个老板。我们和那孩子完全可以是互利互助的关系。"

"我明白了。"夜博笑了笑，挂上联络器。

第四十章　打开心锁的福利

戚少言终于把思想包袱抛下，整个人轻快得要飞起来，晚上在店里睡觉都睡得特别香甜。

梦中，他再次见到了他那座图书馆。

不过这次图书馆有了一个巍峨的外形和很多巨大的门。

虽然他从没有看过这样的建筑，但他的潜意识告诉他这就是一座图书馆。

走上图书馆宽大的台阶，他随手推开了一扇巨门。

"欢迎来到梦中图书馆，在这里你可以畅游知识的海洋，可以学到你最渴望的知识。"一根教鞭突然出现在少年面前，并出声道。

戚少言惊奇地看着那根教鞭："你好，是你在说话吗？"

"不要问废话，时间宝贵，不容浪费。告诉我，你想学什么？"教鞭冷冰冰地问。

"呃，黑雾之毒感染症的治疗方法？"少年随口说了一个他最近心心念念的。

教鞭飘起，对着图书馆入口正中央摆放的一株只有枝干没有树叶、枝干绿得像玉石一样的小树点了一下。

玉石树开始发光，不一会儿它光秃秃的树身上竟冒出了四片叶子。

"根据知识树记录，你口中的黑雾之毒感染症有多种治疗方法，目前你可以用的有四种。第一种，利用地球已有物质来治疗。第二种，利用符纹来解决。第三种，草药和符纹结合。第四种，利用你的吸管抽出毒素。你选哪一种？"

吸管？好吧，他的无影丝从某种角度来看确实相当于吸管。

"你说草药和符纹能解决黑雾之毒？"少年笑着问。

"当然。解决之法就在这里，把它们摘下来贴在你的额头上，只要你认真揣摩，自然知道该怎么做。"教鞭指了指那四片叶子。

戚少言嘴角扯了扯："真是心想事成的美梦。那我就选草药治疗法。"

少年笑着伸出手。

教鞭扬了扬："知识无价，维持图书馆运转需要能量。启动图书馆，每小时需要收取一百能量币；每解答一个问题，根据问题难易度，收取一定能量币。学习知识也是。你可愿支付一万能量币获得黑雾之毒感染症的治疗方法？"

"当然愿意！"不过一万能量币而已，如果真的有其他治疗方法，就是十万百万也值得。

教鞭挥动，可随即它就顿住。

"啪！"教鞭在少年背脊上狠狠抽了一下。

"嗷！"戚少言发出一声怪叫后跳了起来。

"欺骗的惩罚。没有一万能量币，无法获得知识。"

"我有，我有近十万能量币！"

"……图书馆需要实际的能量币。"

"我可以明天去取。"

"图书馆不赊账。你目前有实际能量币两千六百四十五，推荐学习地球药学的《植物入药全说》之'一级植物篇'，两千五百能量币，你可愿交换？"

少年反手揉着背脊，抱着试一试的心态，点点头。反正是在做梦，先答应再说。

教鞭一挥,戚少言的能量币少了两千五,随后一片玉石一样的叶子落入他手中。

戚少言翻来覆去看了看叶子,发现叶子特别薄,特别轻。实在抵不住好奇心,他把叶子贴上额头。

轰!大量的知识流水一般灌入少年脑海。

戚少言在睡梦中发出急促的喘息声,脸没一会儿就涨得通红,但不一会儿又因为脑袋疼痛而变得一片惨白。

没多久,床单便被汗水浸湿。

早上,戚少言一睁开眼睛,顾不得刷牙洗脸,第一时间就冲进空间工作室,利用空间里的草药和他往日收集的一些草药精华,开始进行药剂配制。

等他一口气配制了五种药物出来,他终于停手,看着桌子上放着的五种或药粉、或药水、或药膏的药物,心情无比畅快。

一级植物篇,包含了地球上所有的一级植物和相对应的基础药方。

植物等级的划分是根据植物中蕴含的符纹能量多少来定。

他刚刚配制的五种药物就全是一级植物篇中的基础药方,特点就是这些药方只用到一级植物。但他可以百分百确定,他以前从没有学习过类似药方。这是全新的药方!

"难道我在梦中学到的知识都是真的?"少年喃喃自语。

"光团,是不是你?那些知识是来自你吗?"

黑色光团过了好一会儿才回答:"如果有更多的符纹陨石,你会得到更多知识。如今,只能开启地球药学。"

"那么……图书馆里有黑雾之毒感染的治疗方法也是真的?"少年的手指微微颤抖。

"嗯。"

戚少言闭上眼睛，手掌按住心脏所在的地方，他必须要深呼吸才能不大声喊叫出来。

"为什么之前你都没跟我提过？"

"你不是一直担心受我影响变成大魔头吗？更害怕我夺舍你，连自身能力都不敢使用，成天畏首畏尾的。既然你那么害怕被我影响，我又怎么忍心去'影响'你？"

少年满头黑线。所以这是黑色光团的报复？直到他打开心锁，决定正视自己的能力，它才拿正眼看他？

但真相真的是这样吗？

"恐怕不只这样吧？"少年哼唧。

"当然，一切都和能量有关。"黑色光团坦然承认，"我刚刚把那枚符纹陨石吸收完，这样我才能把图书馆和你的精神进行链接，否则你就算看到图书馆也进不去。另外，图书馆运转也需要能量，至少十万能量币。"

他就知道！戚少言气道："这么说你是见到我赚了十万能量币，觉得能支持图书馆运转了，才把它送到我面前？"

黑色光团没有回答，但一切尽在不言中。

戚少言闷哼一声，咕咚仰倒在床上，两只手遮住了自己的脸："我前面愁成那样算什么！"

黑色光团回："打开心锁也很重要，这是一种成长。"

戚少言磨牙："啊呸！你就是故意的，你纯粹想看我笑话！否则你只要跟我提醒一下，我怎么会愁成那样？你早跟我说了，我也早拼命赚能量币去了。对了，消失的那个真图书馆也是你吗？"

"不是，你脑海中的图书馆只是一种形象，因为你喜欢图书馆，它就变成那样。如果你喜欢电脑，它也可以是一台电脑。"

"那你知道那个真图书馆跑到哪里去了吗？"

"这个要问你的村人。"

"好吧。看来你也不是什么都知道。"戚少言翻身坐起，突然发出嘿嘿笑声。

"太棒了！"少年用力挥手。他拥有了一个藏有海量知识的私人图书馆，只是学习了一级植物篇，他就获益匪浅。

"光团兄，你是不是来自更高等的文明？"

黑色光团没有回答。

"你是无意间落到地球上的，还是有什么目的？"

黑色光团仍旧什么都没说。

"你真的不会把我变成不是我？"

这次黑色光团回答了："就算你变得不再是你，那也不是因为我。"

戚少言被吓住了："这么说，我真的有变成不是我的可能？"

突然间，他想到了苦皮跟他说起过的一件事，苦皮说它在达到三转九级后，它感觉符纹结晶像是被它喂养出来的一个怪物，而这个怪物才是符纹能量的真正主人。而想要突破三转九级达到更高境界，就必须打败自己喂养出来的怪物，彻底让它和自己融合。

随即，他又想到了掠夺者。

被掠夺者感染、寄生的人，哪怕原本并不是符纹能力者也能激发出符纹能力，而如果掠夺者没有改变被寄生者的身体、没有夺取被寄生者的意识，这种"种子"简直就是人类的福音。

"掠夺者和符纹结晶是不是有什么关系？"少年自语。

黑色光团冒出一句话："能量孕育生命。"

"什么意思？老兄，能不能麻烦你说清楚一点？"

"你可以去问图书馆，它会很乐意解答你的问题。"

戚少言腹诽：……你不就是想要能量币吗！

"能量币！我现在就去提取能量币，然后把黑雾之毒感染症的草药

治疗法学会！"想到这里，少年再也坐不住，胡乱套上衣服，就冲出了休息间。

正在偷吃补元丹的兔吼含糊打招呼道："早……"

少年已经一阵风地跑出了店铺。

兔吼咔叽咬碎一颗补元丹，嘀咕："赶死呢这是！"

夜海过来时，戚少言正好取了十万能量币回来。

"少言，我有事和你……说……"夜海看着一阵风从他身边跑过的少年，一脸问号。

兔吼趴在柜台上淡定地把一枚药丸一分为二，试图让它们冒充两枚药丸。

夜海走进后面的战队活动屋，走上二楼，却发现属于戚少言的房间房门紧紧关着。

"少言，你没事吧？"

里面传来少年的声音："我没事，我有点东西要研究，任何人来找都说我没空，回见！"

屋内，戚少言用最快速度躺到床上闭上眼睛。

图书馆，快出来！

黑色光团问："你为什么非要躺在床上链接图书馆？"

戚少言："……"

下集预告

　　戚少言得到黑雾之毒感染的治疗药方后，配制出药剂，挽救了被黑雾之毒感染的许多军人的性命，赢得六星军的感激。此时，他之前卖的药物和帮人治病的效果也开始体现出来，狂潮草药店和他的名气越来越大。可就在多方寻找他时，他已带领狂潮战队前往病变变异鼠灾区。在这里，他专心对付寄生物掠夺者，同时出手医治那些闻名而来的求救者。

　　戚少言配制出的易孕丹效果也被宣扬开来，该药变得供不应求。没多久，那些被黑雾之毒感染的军人病愈，他手上有治疗黑雾之毒感染的方法的消息也传了出去。之后，戚少言遇到了在百燕镇认识的帮他卖货青年——蝠豪斯，蝠豪斯加入了狂潮战队成为预备队员。随后第二枚符纹陨石出现，戚少言和久别重逢的石天赐联手，弄到了这枚符纹陨石，同时他也从石天赐口中得知了父母下落。